KB146724

좋은 봄날에 울지 마라

**일러두기**

이 책의 제목 《좋은 봄날에 울지 마라》는 신달자 시인의 〈아버지의 뒷모습〉 중 "이런 좋은 봄에 울지 마라. 이렇게
우는 시간을 다른 데 쓰거라"라는 문장에서 영감을 얻었음을 밝힙니다.

# 좋은 봄날에 울지 마라

**초판 1쇄 발행**  2017년 4월 15일

**지은이**  현진

**펴낸이**  오세룡
**기획·편집**  이연희 박혜진 박성화 손미숙 최은영 김수정 손수경
**디자인**  강진영(gang120@naver.com)
          고혜정 김효선
**홍보·마케팅**  이주하

**펴낸곳**  담앤북스
          서울시 종로구 사직로8길 34(내수동) 경희궁의 아침 3단지 926호
          **대표전화**  02)765-1251  **전송**  02)764-1251  **전자우편**  damnbooks@hanmail.net
          **출판등록**  제300-2011-115호

**ISBN**  979-11-87362-72-2  03810

이 책은 저작권 법에 따라 보호받는 저작물이므로 무단전재와 복제를 금합니다.
이 책 내용의 전부 또는 일부를 이용하려면 반드시 저작권자와 담앤북스의 서면 동의를 받아야 합니다.
이 도서의 국립중앙도서관 출판예정도서목록CIP은 서지정보유통지원시스템 홈페이지(http://seoji.nl.go.kr)와
국가자료공동목록시스템(http://www.nl.go.kr/kolisnet)에서이용하실 수 있습니다. (CIP제어번호 : CIP2017006734)

정가 14,000원

이 봄날, 생명 있는 것들은 모두 떠견하다

# 좋은 봄날에
# 울지 마라

현진 지음

담앤북스

# 머리글

아침에 일어나서 파릇파릇 돋아나는 새순을 바라보고 있으면 새삼 살아 있다는 것이 거룩하고 기적 같다는 생각이 든다. 이래 서 생명이 움트는 것은 자연의 축복이기도 하지만 삶의 기쁨이 기도 한 것이다. 철 따라 꽃이 핀다는 것은 참으로 오묘하고 고마 운 일이다. 제철이 와도 생명이 침묵하는 세상이라면 얼마나 어 둡고 삭막할 것인지를 생각해 보면 꽃을 맞이하는 반가운 인사 를 보내지 않을 수 없다.

늘 그랬듯이 올해에도 자연의 질서에 순응하면서 그 아름다 움을 외면하지 않을 생각이다. 이번 봄부터 가을까지 꽃을 가꾸 고 가까이하면서 자연의 정서와 의지를 내 삶의 교훈으로 받아 들일 것이다.

여기 실린 글은 이미 발표했던《산 아래 작은 암자에는 작은 스 님이 산다》그 이후의 이야기다. 이곳 암자에 기대어 살면서 여기저기의 인연들과 주고받은 지난 몇 년간의 소식들을 묶은 것이다. 일상의 사소한 일들과 마주하며 평소의 내 생각을 풀어 놓은 것이라서 주제가 서툴거나 반복되는 것이 많다. 그러나 풍진세상을 함께 살아가는 이웃들에게 따뜻한 위로와 응원이 되는 글을 쓰고 싶은 마음은 그대로다.

글 쓰는 작업이 결코 쉬운 일은 아니지만 매번 신간을 펴낼 때마다 설레는 마음 때문에 다음 작품에 몰두하게 된다. 이것은 글 쓰는 이로서의 중독이며 업보일 것이다. 이 책을 대하는 모든 이들의 평화와 행복을 기원한다.

2017년 봄날에
현진

# 차례

# 1

# 좋은 봄날에 울지 마라

# 좋은 봄날에
# 울지 마라

이 땅에 봄기운이 다시 시작되고 있다. 어제는 우리 절 매화를 들여다보니까 꽃망울이 한껏 부풀어 있었다. 저 남쪽 통도사에서 정진하는 벗이 그곳의 활짝 핀 홍매를 사진으로 보내 왔는데 올해의 첫 화신花信이다. 반가운 봄소식은 남쪽에서 시작되어 이제 우리 고장까지 성큼 다가왔다. 우리 생애에서 또 한 번의 봄날을 맞이하고 있다 생각하니까 새삼 설레고 감격스럽기까지 하다. 이렇게 온 대지의 약동하는 기운과 마주하고 있으니 내 몸에도 생명의 율동들이 되살아나는 것 같다.

　이럴 때가 되면 새삼 삶의 가치와 목적을 어디에 두고 살 것인가를 헤아려 보게 된다. 인간의 가장 은밀한 속뜻이라 할 수 있는 감성이 메말라 간다는 것을 살펴봐야 한다. 현대인들의 가슴은 아스팔트로 포장되어 간다는 말이 있는데 그만큼 삭막해서 생명의 싹이 움틀 여지가 없다는 소리다. 봄이 와도 봄을 받아들일 수 없는 감성이라면 그것이야말로 심각한 중병이 아닐 수 없다. 이런 점에서 이 땅에 펼쳐지는 봄 잔치에 흔쾌히 동참해야 할 것이다.

　봄이라는 어원은 '보다'의 명사형 '봄'에서 비롯되었다고 하니까 봄날에는 자세히 보아야 생명의 신비와 마주할 수 있다. 따라서 봄이란 계절은 눈부신 꽃들로 인해 눈이 호강하는 시절인 셈이다.


　자세히 보아야 예쁘다

　오래 보아야 사랑스럽다

　너도 그렇다


　나태주 시인의 〈풀꽃〉이라는 시인데 내용이 좋아서 며칠 전에 작은 판자에 적어서 화단에 세워 두었다. 여린 꽃이라도 관심 있게 들여다보아야 그 아름다움과 만날 수 있다. 이와 같이 일상에서 무엇이든 자세히 오래 보아야 그 가치를 발견할 수 있는 것이 많다.

우리 인생에서 집착하는 삶보다는 집중하는 태도가 무척 중요하다. 집착은 갈증과 괴로움의 원인이지만 집중은 충만함과 기쁨의 원인이기 때문이다. 남편에게 집착하면 기다리는 그 시간이 무지 궁금하고 초조하지만, 남편에게 집중하면 기다리는 그 시간이 즐겁고 편안하다. 이와 같이 집착과 집중은 비슷한 것 같지만 그 내용은 전혀 다르다. 순수한 집중이야말로 본질로 나아갈 수 있는 지혜다. 집중은 그 물건에 대한 가치를 부여하는 일이지만 집착은 그 물건에 대한 소유를 부여하는 일. 그래서 집중하는 일에는 미련이나 후회가 없지만 집착하는 일에는 아쉬움과 욕심이 동반된다. 그렇다면 지금 우리들이 몰두하고 있는 삶의 자세가 집중인지, 집착인지 살펴볼 필요가 있다.

자신이 좋아하는 일이나 놀이를 할 때는 시간 가는 줄 모르다가 싫은 일이나 재미없는 놀이를 할 때는 십 분이 한 시간처럼 길게 느껴지게 마련이다. 또한 아이들이 게임에 빠지면 밤을 지새우면서 몰두한다고 들었다. 어른들이 볼 때는 이해가 안 되는 일이지만 아이의 입장에서는 흥미로우니까 시간의 개념을 잊는 것이다. 이런 것을 보면 시간의 개념은 주관적이고 업식의 감정에 따라 달라지는 듯하다. 그렇기 때문에 보다 가치 있는 일에 집중하는 삶이 중요하다.

내 삶의 길이가 하루살이와 같이 하루의 시간밖에 되지 않는다면 그 하루는 대단히 소중하고 의미 있을 것이다. 한 번뿐인 하루를 통해 인생에서 가장 높은 행복의 가치를 찾는다면 우리 자신에게 주어진 시간에 대해 순수하게 집중하는 태도가 아닐까 싶다.

인생이 단 한 번뿐이라면…. 이러한 명제를 정해 놓고 하루를 시작하면 그 하루는 전혀 다르게 다가올지 모른다. 셰익스피어는 "과거는 서론이다"라고 했다는데 이 법문에 높은 점수를 주어야 한다. 왜냐하면 과거가 서론이라면, 지금 이 시간을 살아가는 일이 본론의 시작이기 때문이다. 그러므로 과거에 묻혀 방황하거나 후회할 필요는 없다. 또한 아직 다가오지 않은 미래에 대해 염려하거나 걱정할 필요도 없다. 오직 중요한 것은 지금이며, 지금의 내가 과거와 미래를 구분하고 결정짓는 시점인 까닭이다.

최근에 법회 때마다 프랑스 출신의 유명한 사진가 앙리 까르 띠에 브레송Henri Cartier Bresson의 명언을 자주 인용하고 있다. 그는 사진을 예술의 반열에 올려놓은 20세기 사진 미학의 거장으로 불리는데 그가 남긴 말은 "인생의 모든 때가 결정적인 순간이다"라는 것이다.

사진작가의 입장에서는 모든 장면이 결정적인 기회일 것이다. 어떤 풍경일지라도 정지 화면이 되어 기다려 주는 것이 아니라, 순간순간 흘러가는 것이므로 그 때를 포착해야 최상의 작품이 될 수 있다. 따라서 스물네 시간 그때그때가 최고의 조건일 수밖에 없다.

이와 같이 오늘을 살아가는 지금이 그 결정적인 때일 뿐, 달리 다른 날이 없다. 매 순간 순간 자신에게 부여된 시간에 집중해야 한다. 그것이 순간에서 영원으로 살아가는 삶의 지혜이다.

어느 글을 보면 연로하신 친정아버지가 울고 있는 딸의 어깨를 다독이며 이렇게 말한다.

이런 좋은 봄날에 울지 마라. 이렇게 우는 시간을 다른 데 쓰거라.

이렇게 화창한 봄날에 울고 있는 것은 주어진 시간에 대한 예의가 아닐 것이다. 울고 있는 그 시간을 다른 생명의 에너지로 활용하라는 것이 찬란한 봄날의 가르침이다. 봄날이 전하는 생명의 소리에 눈을 맞추고 귀를 기울여라.

# 봄날 일기

문을 열면 찬란한 봄날이다. 이런 봄날에 새로 피는 꽃을 바라
보고 있으면 아무 잡념 없이 '아름답구나, 고맙다' 하는 생각이
든다. 무엇엔가 감사하고 싶은 마음과 잔잔한 기쁨이 스며든다
고 할 수 있다. 새롭게 돋아나는 생명이 없다면 우리 주변이 얼마
나 단조로울 것인가를 생각해 보면 봄날의 잔치는 고마울 수밖
에 없다. 또한 이런 날은 우울하던 기분도 금세 사라지고 꽃향기
에 스르르 동화된다. 이것이 봄날이 전해 주는 희망이며 선물일

것이다. 봄소식이 하루 2킬로미터씩 북상한다고 한다. 그야말로
어린아이가 아장아장 걸음마로 걷듯이 다가오는 속도인 것이다.

오늘 아침에는 찻잔에 매화 한 송이를 띄워 음미하면서 지인들
과 꽃놀이를 즐겼다. 성 프란치스코 살레시오가 "꽃잎은 져도 향
기는 지지 않는다"라고 했다는데 봄날의 향기를 추억에 담았다.
요즘 절 주변의 벚꽃이 피기 시작했다. 이제 열흘 정도 피고 지며
축제를 벌일 때라서 매일 아침을 기대와 설렘으로 맞이하고 있다.

며칠 전부터 내 눈길과 관심은 온통 수양벚나무에 집중되어 있
다. 이 벚나무는 5년 전, 입주入住를 기념하여 심었는데 그사이에
무럭무럭 잘 자라 버드나무처럼 가지가 늘어진 덕분에 제법 수형
을 갖추었다. 그런데 이놈의 나무에 꽃이 달리지 않는 것이 문제
였다. 매년 잎은 새록새록 돋아나는데 벙어리처럼 꽃을 보여 주
지 않아서 나무를 잘못 구해 왔나 싶어 걱정이 되었다. 그러던 차
에 수목원을 운영하는 분을 만날 기회가 있어서 이 부분을 물었
더니, 자신의 농원에 있는 수양벚꽃도 5년째 되던 해에 꽃을 피
웠다고 하면서 더 두고 보라는 말을 전했다.

올해는 퇴비도 주고, 가지치기도 해 주면서 개화를 유독 기다
리는 사연이 여기에 있다. 어제 아침에 가까이서 보니까 가지 끝

에 꽃망울이 알알이 맺혀 있었다. 나도 모르게 "와우" 하고 감탄의 소리가 나왔다. 몇 년을 기다렸는데 드디어 올해는 꽃을 보게 될지도 모른다는 흥분 때문이었다. 수양벚꽃은 어느 정도 나이를 먹어야 생명의 신비를 보여 준다는 사실을 이번에 새롭게 배웠고, 이 지식을 이웃과 공유하는 중이다. 내일 즈음이면 역사적인 개화가 연출될 것 같다. 이런 일을 통해 지극히 사소한 일에 행복의 씨앗이 들어 있다는 생각을 하게 되었다.

서쪽에 사는 이웃은 이미 부자인데도 늘 부족해서 걱정인데
동쪽에 사는 노인은 비록 가난하나 즐겁고 여유롭다.

매사에 부족하면 아무리 부자라도 근심이 떠날 날이 없지만, 매사에 만족하면 가난하지만 늘 즐겁고 근심이 없는 법. 삶의 과욕이 사소한 불행을 초래하는 경우가 많다. 소개한 이 글은 당나라 때 살았던 도교道教의 인물, 여동빈呂洞賓이 남긴 시의 일부이다. 자잘한 일상에서 행복을 발견하지 못하면 그 어떤 일에도 여유와 만족을 지니기 어렵다.

어쨌거나 이런저런 일로 올해 봄에는 '꽃 복'이 터졌다. 달포 사

이에 여기저기 꽃놀이를 다녀왔기 때문이다. 지난주에는 저장성 항저우를 다녀왔는데 그곳은 이미 봄꽃이 지고 있는 시점이었지만 다양한 수종이 매혹적인 빛깔을 보여 주고 있었다. 항저우는 도시 전체가 마치 공원처럼 꽃과 나무가 즐비해서 오래 머물고 싶은 고도古都. 과연 소동파와 백낙천 등 이름난 시인 묵객들이 찬사를 보낼 만한 기이한 풍경을 지니고 있는 곳이라서 방문할 때마다 역사를 느끼고 돌아온다.

소동파의 대표작이라 할 수 있는 〈여산연우절강조廬山煙雨浙江潮〉를 언급하면 이렇다.

여산에는 안개비가 유명하고 절강에는 물결이 아름다워서,

그곳에 가 보지 못했을 때는 천만 번 아쉬움이 있었는데

막상 가 보고 돌아오니까, 별 다른 거 아니더라.

역시 여산의 안개비와, 절강의 조수일 뿐이더라.

발품을 팔아 직접 이름난 현장에 가 보아야 생생한 학습의 시간이 될 수 있다는 뜻이다. 그리고 가 보고 싶은 곳은 그 풍경을 보고 와야 진정한 자신의 경험이 된다는 것일 수도 있다.

이렇게 항저우를 다녀와서 그 이튿날 모임이 있어 제주도에 갈 일이 생겼는데, 남국의 도시 제주에는 벚꽃이 눈송이처럼 주렁주렁 달려 있었다. 우리 고장에서는 아직 벚꽃 구경을 하지 못했는데 제주도는 이미 낙화의 시점이라서 눈 호강을 원 없이 하고 왔다. 제주에서 돌아온 다음 날은 마침 답사 일정이 있어서 전남 구례 화엄사를 갔더니 역시 그곳도 봄의 절정.

　이런 일정을 치르고 나니까 지금은 내가 사는 곳에 벚꽃이 만발이다. 이번 봄에는 릴레이 형식으로 봄날을 만끽하고 있는 셈이라서 연일 꽃 잔치다.

　다음 주에는 교토로 벚꽃 여행을 계획하고 있는데 벌써 벚꽃이 다 질까 걱정이다. 지난가을에 교토 사찰을 둘러볼 기회가 되었을 때 유독 내 마음에 들어온 것은 동사東寺의 수양벚꽃. 그날, 내 자신에게 내년 봄에 꼭 다시 와서 벚꽃을 봐야겠다고 약속하였고, 그때가 다음 주인데 시기를 놓쳐 분분한 낙화만 만나고 올지라도 떠날 예정이다.

　조선 중기의 문신 이산해李山海라는 분은 한 해의 기쁨과 걱정이 꽃가지에 달려 있다는 말을 남겼는데 그만큼 개화의 설렘엔 남녀노소가 없는 것이다. 나 또한 꽃이 피면 일상의 절반이 기쁨이라서 고인의 심사에 깊이 공감한다. 이렇듯 봄날의 기쁨은 꽃이다. 여기저기에서 연출되는 꽃들의 축제에 기쁘게 동참하시길.

# 흐린 날도
# 삶의 풍경이다

아침 산책길에 온 대지에 움트고 있는 봄기운과 마주하고 돌아왔다. 겨울 내내 꽁꽁 얼었던 논과 밭이 동면에서 깨어나 부드럽고 따스한 숨을 쉬고 있었다. 땅은 이렇게 얼었다 녹았다를 반복하면서 더욱 튼실한 생명의 에너지를 품는 것 같다.

황태도 겨울바람 맞으며 얼고 녹으면서 제맛이 깃들고, 곶감 또한 햇볕에 마르고 풀어져야 단맛이 배게 된다. 사람도 이와 같이 온기와 냉기를 골고루 갖추고 있어야 역동적이며 건강한 사람일 것이다. 이를테면 봄바람 같은 따스한 기질과 가을바람 같은 차가운 기질이 있어야 궁합 좋은 성격이라 할 수 있다.

나는 젊은 친구들에게 결혼할 사람을 만날 때는 적어도 일 년을 사귀어 보고 결정하라고 조언한다. 이는 그 사람의 사계절을 가까이서 지켜보라는 뜻이다. 사람도 봄, 여름, 가을, 겨울의 성질을 다 지니고 있기 때문인데, 이렇게 계절이 바뀌는 동안 상대방의 성격을 살펴봐야 실수가 적기 때문이다.

사람에게는 봄기운처럼 따스한 마음이 필요하고, 여름처럼 뜨거운 열정도 필요하고, 가을처럼 멋과 낭만도 필요하며, 겨울처럼 냉철한 이성도 필요하다. 이러한 마음을 알아보려면 일 년 정도는 가까이서 보아야 한다는 것이다. 이처럼 사계절의 기운이 부족한 사람은 남자건 여자건 성격이나 성품이 원만하지 못하다는 것이 나의 생각이다.

이것은 집터를 구할 때도 마찬가지. 적어도 집을 짓고 평생을 살 곳이라면 사시사철의 기후를 살피고 그 땅의 기운을 느껴 봐야 완벽하다. 일 년의 일조량이라던가, 바람 부는 방향이라던가, 물의 흐름이라던가, 날씨의 변화를 살펴보는 것도 점검 사항이다. 그렇게 해 봐야 주변의 풍광이나 환경도 찬찬히 들여다볼 수 있고 이웃의 인심도 알 수 있는 것이다. 뭐든 후다닥 결정하면 한 가지 정도는 아쉬운 부분이 생길 수도 있기 때문이다.

이렇듯 사람이든 집이든 사계절을 겪어 보아야 어느 정도는 알 수 있다. 하긴, 사람의 마음은 열 길 물속 같아서 몇 년을 지나도 모르는 경우도 허다하다. 히말라야 라다크 지방의 격언 중에 "호랑이의 줄무늬는 밖에 있지만 사람의 줄무늬는 안에 있다"는 말이 있는데 그만큼 사람 속은 알 수 없다는 뜻일 것이다. 그렇지만 일 년 정도 그 사람을 사귀어 보면 짐작이 가능하다는 것이 나의 경험이기도 하다.

그 어떤 일이든 일 년 이상을 계획하고 준비하면서 신중하게 결정한다면 실수나 실패도 적다. 무엇이든 제대로 보기 위해서는 조금 뒤로 물러나야 한다는 말이 있다. 시력 검사를 할 때 너무 가까우면 글자가 잘 보이지 않듯이 자신의 일이나 주변의 사람도 좀 떨어져 보면서 관찰하면 제대로 보이는 법이다.

우리 삶의 풍경은 사계절처럼 풍성해야 알차다. 여기에 오고 난 뒤부터 매달 암자의 비경을 찾아서 순례를 떠나고 있다. 길을 나서 보면 맑은 날도 있고, 흐린 날도 있고, 추운 날도 있고, 더운 날도 있어서 나그네의 마음에 쏙 드는 날씨를 만나기는 쉽지 않다. 지난가을 팔공산의 암자를 참배했을 때는 늦가을 비가 내리기 시작했다. 그날 사람들 앞에서 '비 오는 날도 삶의 풍경이다'라는 주제로 말문을 열었다. 여행을 하거나 행사를 할 때 비가 쏟아지면 불편하고 일정에도 차질이 생기지만 그렇다고 비를 탓할 수는 없다. 그럴 때는 그 상황과 이변을 받아들여야 스트레스가 되지 않는다.

왜냐하면 우리 인생사에서는 비도 내리고, 눈도 내리고, 바람도 불고, 얼음이 얼고, 땀이 나는 일이 공존하기 때문이다. 유독 좋은 날만 찾으려고 하니까 비 오거나 바람 부는 날이 성가시고 귀찮은 것인지도 모른다. 이럴 때 오히려 그런 날도 우리 삶의 풍경이라는 생각이 앞서야 한다. 사계절 내내 매일 똑같은 날씨만 전개되면 무료하고 시시할 것이다. 따라서 사계절의 다양한 풍경을 받아들일 때 인생을 즐길 줄 아는 아량과 기백이 생겨날 수 있다.

풍경을 받아들이지 않으면 걱정하는 인생이 될 확률이 높다. 비와도 걱정이고, 눈 와도 걱정이고, 바람 불어도 걱정을 하게 된다. 이런 가치관을 가지게 되면, 아이를 키워도 걱정, 대학 보내도 걱정, 군대 보내도 걱정, 장가보내도 걱정… 온통 걱정뿐일 것이다.

이럴 때는 반대로 생각하면 확 달라질 수 있다. 비 와서 좋고, 눈 와서 좋고, 잘 커서 좋고, 장가보내서 좋고, 살아 있어서 좋고… 이렇게 바꾸면 어떤 상황이든 긍정이고 유쾌하다.

우리가 음식을 조리할 때 이 양념, 저 양념 빼고 나면 깊은 풍미가 살아나지 않는다. 인생도 그렇다는 생각을 할 때가 많다. 비 오는 날, 궂은 날, 힘든 날, 슬픈 날, 아픈 날, 화내는 날 등 원하지 않거나 마음에 들지 않는 날을 다 빼고 나면 삶의 미각이 밋밋해지기 쉽다. 그러니까 불시에 일어난 모든 상황들은 인생을 맛깔스럽게 해 주는 양념이라고 위로하면 도움이 될 것이다.

나를 실망시키고 힘들게 하는 일이 생길 때는, "괜찮아, 그럴 수 있어. 나는 이 감정을 받아들이고 환영한다"라고 세 번을 말해 보라. 그러면 그 어떤 상황이든 이해가 되고 수용할 수 있는 마음의 공간이 생겨난다. 꼭 활용해 보길 권한다.

# 불행의 시작은
# 비교다

어제가 음력 삼월 초하루. 흔히 '꽃 피는 춘삼월'이라고 말할 때의 그 삼월이 바로 지금 이때다. 여기저기 피어나는 봄꽃들로 세상이 온통 화사하고 산야에 번지는 연초록 새순들이 싱그럽다.

봄 햇살이 눈부실 때마다 즐겨 인용하는 선시禪詩가 있다.

봄에는 꽃이 피고, 가을에는 달이 밝고
여름에는 시원한 바람이 있고,

겨울에는 눈이 있어서 좋다.

쓸데없는 일로 마음만 번거롭지 않다면

1년 365일, 호시절이 따로 없다.


송대宋代의 인물 무문 선사의 이 글귀가 좋아서 붓글씨로 써서 화단에 세워 두었다. 사시사철 아름다운 풍경이 있으니까 세상 사는 일이 즐거운 소풍이 아닐 수 없다. 그러나 마음에 근심과 걱정이 있다면 꽃이 피고, 달이 밝더라도 아무런 위로가 되지 않을 것이다. 그래서 매사에 부질없는 욕심으로 마음 졸이는 일만 없다면 인간 호시절이 따로 없다고 읊조린 것이다.

욕심과 분별만 사라진다면 이 세상의 춘하추동은 있는 그대로 아름답고 완벽하다는 뜻이다. 그야말로 조화와 질서를 이루는 화엄 세계가 완성되는 것.

그렇다면 매사에 근심을 줄이는 방법은 무엇일까? 출가 이후 동서고금 성현들의 말씀을 종합해 본 결과 근심을 줄이는 지름길은 딱 한 가지였다. 그것은 다름 아니라 작은 일에 만족하는 것이다. 모든 근심의 원인은 만족하지 못하는 데서 비롯되기 때문이다.

우리가 행복하지 못한 이유는 바라는 것이 너무 많아서이다. 아주 오래전에 열반하신 석주 노스님께서 지족상락知足常樂이라는 묵서를 주셨는데 지금도 방에 걸어 두고 좌우명으로 삼고 있다. '만족할 줄 알아야 근심이 없다'는 뜻으로 해석하고 싶다. 음미할수록 와 닿는 법문이 아닐 수 없다. 만족하지 못하는 이의 삶은 언제나 빈곤하고 괴롭다.

아주 짧은 시가 있다. 그 시의 제목은 〈불행의 시작〉이라는 것인데, 시의 내용은 '비교'이다. 즉, 불행의 시작은 비교에서 비롯된다는 결론이다. 나와 남의 능력을 비교하고, 외모를 비교하고, 학벌을 비교하고, 연봉을 비교하고, 남편과 부인을 비교하고, 집의 크기를 비교하고, 자동차를 비교하고, 심지어는 핸드백이 명품인지 아닌지를 비교한다. 이러한 비교를 통해 우월감과 열등감을 동시에 느낀다는 것이다. 그런데 비교하다 보면 열등감을 지니게 되는데 이것이 불행의 시작이다. 다시 말해 불만족이 형성되는 것이나 다름없다. 불만족의 상태가 되면 현재의 조건에 대해 감사하는 마음이 사라지고 만다.

어제 초하루 법회 때 결혼을 앞둔 신랑 신부가 참석하였길래 법문 말미에 예비 부부를 위해서 몇 가지 조언을 해 주었다. 이 조언은 내가 주례할 때마다 강조하는 부탁이기도 하다.

첫째, 부부는 비교하지 말라고 했다. 남의 남편과 나의 남편을 비교하고, 남의 아내와 나의 아내를 비교하면 서로에 대해 불만이 생기게 마련. 그래서 부부 사이는 외모는 물론이고 집안 조건 또한 비교하는 것은 절대 금물이다. 왜냐하면 불만이 생기면 감사를 잊어버리기 때문이다.

둘째, 부부는 후회하는 마음을 가지지 말라고 했다. 서로 살아가면서 상대방이 마음에 들지 않거나 실망을 줄 때마다 '괜히 저 사람을 만났다, 결혼을 잘못 한 것 같다' 이런 마음을 먹어서는 안 된다는 것이다. 그 순간 서로에 대한 믿음이 깨지기 때문이다.

셋째, 부부는 계산하지 말라는 부탁을 했다. 부부는 서로 일방적으로 도움을 받으려고 해서는 안 된다. 왜냐하면 무작정 처갓집 덕을 보려 하거나, 시댁 신세를 지려고 한다면 서운할 경우가 생기기 때문이다. 그래서 부부는 이해타산에 매몰되지 않아야 지속될 수 있는 관계인 것이다.

어떤 인디언 부족은 청춘 남녀가 결혼할 때 추장에게서 활과 화살을 선물받는다고 한다. 활은 화살이 있을 때 제 기능을 발휘할 수 있고, 화살 또한 백 개가 있다고 하더라도 활이 없으면 무용지물. 이렇듯이 부부 사이는 활과 화살처럼 서로 떨어져 있으면 남이 되지만 서로 도와주는 관계가 되면 두 사람에게 꼭 필요한 존재가 된다는 가르침이다.

이런 덕담으로 초하루 법회에 즈음해서 예비 부부들에게 주례사 아닌 축사를 해 주었다. 이런 봄날, 모든 꽃이 각기 아름답듯이 비교하지 않으면 더 행복할 수 있다.

# 나무를 심으면서

식목일을 며칠 앞두고 이곳에 나무를 심었다. 어제는 주원이 할머니께서 가시오가피 묘목과 황금아카시나무를 가져다주어서 절 주변에 자리를 만들었다. 그리고 묘목 시장에 가서 흰 모란꽃을 구해 와서 화단 한쪽에 심고 이름표를 걸었다. 여기 절과 인연이 되고 난 뒤 봄이 되면 새로운 수종을 옮겨 와서 심었는데, 어느새 나무들이 무럭무럭 자라나서 쉼터가 되고 있다.

나무 심는 일을 해 보면 이 일만큼 즐거움을 주는 것도 없다. 딱

히 이유를 댈 만한 정답은 없지만 나무 심는 일 자체가 즐겁기 때문이다. 나무를 심을 때마다 이 나무가 큰 키로 자라는 상상을 해 보면 아주 행복의 시간이 된다. 아이가 갑자기 어른이 된다면 재미없듯이 나무 또한 키우는 보람이 쏠쏠하다. 그러다 보니 지금까지 여기에 심어 놓은 나무가 제법 많기도 하고 그중에는 야생화가 꽤나 있다. 요즘 금낭화, 매발톱, 돌단풍, 비비추 등의 새순들이 땅속에서 쑥쑥 올라오는데 마주할 때마다 대견하고 경이롭다.

지난해에 심었던 왕벚나무와 이팝나무에 물기가 오르고 새움이 트는 것을 보니까 추운 겨울을 잘 견뎌 낸 것 같아서 흐뭇하다. 나무는 그해 겨울을 지나 봐야 어느 정도 안심할 수 있다. 그렇지 않으면 동해凍害로 말라 죽거나 뿌리를 내리지 못해 썩어 버리는 경우가 있기 때문이다. 봄에 밑거름을 해 주면 더 쑥쑥 자라는데 올해는 게으름을 피우다 보니 아직까지 행동으로 옮기지 못하고 있다.

절 식구들은 산에 자생하는 나무도 많고, 심을 장소도 없는데 무슨 나무를 그렇게 자꾸 구해 와 심느냐고 물어본다. 하지만 나무를 심는 것이 산림을 보강하는 데만 의미가 있는 것은 아닐 것이다. 어느 시인의 말처럼 나무를 심는 것은 꿈을 심는 일이요, 얼을 심는 일이다. 이 세상에 태어나서 나무 한 그루 심지 않는 이들이 있다면 그 사람은 나무의 은혜를 저버리는 사람일 것이다. 이 세상이 나무가 없는 황무지라고 상상해 보라. 우리가 나무의 은혜를 얼마나 많이 입으며 살고 있는지 알 수 있다.

한여름 그늘을 만들어 주는 것도 나무의 혜택이며, 비바람을 막아 주는 것도 나무의 공덕이며, 공해로부터 산소를 공급하는 것도 나무 숲이다. 집이나 가구 또한 나무의 희생이 아니면 생각할 수 없는 은혜이다. 그러니까 나무는 말없이 서 있지만 우리에게 베푸는 것은 환산할 수 없이 큰 것이다. 이럼에도 불구하고 나무 한 그루 돌보지 않는다면 나무의 대한 배은이기도 하지만 후손에게도 부끄러운 일이다. 할아버지가 묘목을 심는 뜻은 자신을 위한 것이 아니라 손자를 위한 배려일 것이다. 이런 마음이 대대손손 이어질 때 우리 강산은 푸르게, 푸르게 되는 것이다.

소동파는 "고기는 먹지 않고 살 수 있어도 집 옆의 대나무가 없으면 안 되겠다"고 했다. 현대에 와서도 나무는 도시 계획, 건축, 인테리어에 빠져서는 안 될 필수 요소이다. 부처님 생애의 결정적인 순간에는 모두 나무가 등장한다. 무우수 아래에서 태어나셨고,

보리수 그늘에서 깨달음을 얻었으며, 망고나무 숲에서 설법하셨고, 사라수 향기 속에서 돌아가셨다. 이렇게 불교는 나무와 오랜 인연을 지니고 있는 셈이다. 그러므로 나무 아래에 앉아 있는 원시적 사색이야말로 영혼을 맑히는 일이 아닐까 싶다.

　일전에 제주도 다녀올 일이 있어서 어느 사찰을 참배하게 되었는데 오래된 나무들이 많아서 참 부러웠다. 그런데 높게 잘 자란 벚나무 가지가 심하게 잘려 나간 것이 눈에 들어왔다. 주인의 입장에서는 나름의 이유가 있었겠으나 이 나무는 넉넉한 수형을 지니고 있어야 더욱 기품이 있는 법인데, 잘생긴 가지들이 사라진 그 나무는 어쩐지 측은해 보였다. 나무 열 그루 심는 것보다 한 그루를 아끼고 가꾸어서 명품으로 만드는 것이 중요할 것이다.
　독일에서는 함부로 가지를 잘라서는 안 된다고 들었다. 법적으로 나무를 자를 수 없는 시기가 있는데, 삼월부터 구월까지라고 한다. 왜냐하면 이때는 새들이 둥지에다 알을 낳고 보호하는 계절이기에 자기 집에 있는 나무라 하더라도 마구 자르지 못한다는 것이다. 나무 사랑과 더불어 생명 사랑을 느낄 수 있는 대목이다.
　나는 먼 훗날에 인연이 다 되어 이 절을 떠나게 된다면 나무를 함부로 자르지 말라는 약속을 꼭 받고 싶다. 아울러 유언을 남길 때도 숲의 원형을 크게 훼손하지 말 것을 부탁하고 싶다. 나무도 여기 절을 지키는 식구이고 신도와 다름없기 때문이다. 그러므로 주인이 바뀌었다고 뿌리를 내리고 살고 있었던 식구들에 대해 구조조정을 마음대로 해서는 안 되는 것이다. 따라서 집을 지을 때는 심사숙고해서 나무와 공존하는 주거 방법을 생각해 볼 수 있어야 한다.

나는 '심다'라는 동사가 어쩐지 좋다. '무엇무엇을 심다'라는 표현처럼 인생은 모름지기 심는 것이 많아야 한다. 가슴에 사람을 심고, 마음에 사랑과 자비를 심었으면 좋겠다. 식물이 자라지 않는 땅이 황무지가 되듯이 선근과 복덕의 씨앗을 심지 않으면 우리들 마음은 황폐해진다. 예부터 심전경작心田耕作이라 하여 마음 밭농사를 잘 지으라 했던 것도 이런 이유다. 무릇 신앙인들은 마음에 불심을 심어야 할 것이다.

당대唐代를 대표하는 인물 의현 선사는 가는 곳마다 소나무를 즐겨 심었다. 틈만 나면 소나무를 심고 있는 그를 보고 스승인 황벽 선사가 물었다.

"그대는 깊은 산골에 소나무를 심어서 무엇 하려는가?"

의현의 대답은 이랬다.

"첫째, 산문을 장식하기 위해서이고, 둘째는 뒷사람의 표본이 되기 위해서입니다."

즉, 나무를 심는 뜻은 사찰 조경을 위한 일도 되지만 후손들을 위한 배려가 더 크다는 것이므로 나무 심을 때마다 이런 마음을 배워야 한다. 바야흐로 꽃구경하기도 좋은 계절이지만 나무 심기에도 적당한 계절이다.

# 남는 돌처럼
# 살고 싶다

　사월 초파일을 앞두고 며칠 동안 일품을 사서 앞뜰을 자연석으로 바꾸는 일을 했다. 정원을 정리하고 나니 묵은 숙제를 마친 것처럼 홀가분해서 좋다. 꽃과 나무들도 내 기운이 통했는지 더욱 생기 넘치고 청초하다. 이번에 이 일을 하면서 쓰고 남은 돌을 그냥 두기가 아까워서 산신각 뒤에 야트막하게 축대를 쌓았다. 덕분에 어지럽던 뒤쪽이 깔끔하게 정리가 되었는데, 이 일은 석공의 힘을 빌리지 않고 어깨 너머 배웠던 솜씨를 발휘했다.

들쑥날쑥 울퉁불퉁한 돌을 앞줄 아귀를 맞추어서 놓으니까 반듯한 모양새가 되었다. 못생긴 돌이라서 석공 손에서 천대받던 돌이 비로소 쓰임새 있게 된 것이다. 이런 과정을 거치면서 담장을 쌓는 데는 크고 작은 돌과 모나고 둥근 돌이 다 필요하다는 것을 새삼 배웠다. 모두가 그 쓰임새가 따로 있는 것이다. 여기에 조화와 균형의 비밀이 있다.

예전에 원로 스님들의 모임이었던 여석회餘石會가 있었다. 이 여석회에는 성철, 구산, 자운, 관응, 석암, 탄허 스님 등 당대의 선지식들이 참여했다고 한다. 정확한 명칭은 축성여석회築城餘石會다. 성을 쌓고 남은 돌이라면, 아무도 거들떠보거나 관심 가지지 않는 돌이다. 성을 쌓는 돌에도 끼지 못했으므로 이른바 쓸모없는 돌이다. 그런데 이렇게 쓰고 남은 돌처럼 살자는 의미에서 이 모임을 결성했다는 후문. 성공이나 경쟁의 틀에서 벗어나서 초연한 삶을 살겠다는 서원이라서 그 의미가 예사롭지는 않다. 어떤 특권을 지닌 세력이 아니라 이 사회를 구성하는 소시민이 되겠다는 뜻. 이를테면 대들보보다는 서까래의 기능을 강조한 셈이다. 세상 사는 일에는 큰 인물도 필요하지만 작은 일꾼도 필요한 법이다. 너나 할 것 없이 잘난 사람이 되려고 한다면 세상은 어긋나고 말 것이다.

누구나 출세하고 싶고 명예를 높이고 싶은 이 세상에서 입신에 뜻을 두지 않고 평범한 일에 그 가치를 두기란 쉽지 않다. 그래서 세상에 이름을 드러내지 않고 사는 일은 더 힘든지도 모른다. 이런 점에서 '여석'의 의미는 세월이 지나도 여전히 유효한 가르침이 아닐 수 없다.

근래에는 나 역시 삶의 방향을 고독과 은둔으로 정하고 그저 내 자리를 지키며 소박한 삶을 살고 싶은 생각이 더 많다. 이제는 종단 소임이나 사회 활동도 사양하고 산거山居를 즐기며 꽃과 나무를 가꾸는 데 시간을 더 많이 쓰고 싶다. 이런 탓인지 번거로운 일은 가급적 멀리하면서 흙을 가까이하는 일로 소일 삼고 있다.

입적하신 법정 스님이 40대 나이에 서울 생활을 마감하고 불일암에서 지낼 때 지인들이 은거隱居가 아니냐며 질문을 했던가 보다. 여기에 대해 스님은 "대중 앞에서 구호를 외치고 선봉에 나서는 것만이 중생구제가 아니다. 나는 산중에서 내 방식대로 사는 것도 또 다른 구원이라고 생각한다. 여기를 다녀가는 사람들이 삶의 위안을 받았다는 소식을 들으면 지금의 이 생활이 꼭 틀린 것은 아니라고 본다"고 답했던 것으로 기억한다. 그즈음이 사회 곳곳에서 독재 종식을 위한 거리 투쟁이 일어나던 시대라서 이런 대답을 하신 모양이다.

잘 산다는 것은 무엇인가? 자기 자리에서 자신의 향기를 조화롭게 드러내는 일이다. 저기 저만치 핀 들꽃이 자신의 향기를 다투지 않듯 그 자리를 지키는 일이 아름다운 삶이다. 그래서 임금은 임금대로, 신하는 신하대로, 백성은 백성의 위치를 지킬 때 이 사회는 보다 밝아지고 인정이 넘치게 될 것이라 믿는다. 물론 여기에는 남을 배려하지 않는 아집이나 독선의 방식은 배격되어야 한다. 다시 말해 자신의 방식이 누군가에게 위안을 주고 모범을 보일 수 있다면 그 어떤 인생이든 아름답다고 할 수 있다.

이번에 돌을 만지면서 각자의 개성은 조화를 이룰 때 비로소 질서가 된다는 것을 거듭 생각하는 계기로 삼았다. 돌처럼 서로의 특징이나 재주가 제 역할을 해 주어야 어긋나지 않는 미美의 율동이 살아난다. 여기에서 우리들이 경계해야 될 것은 획일적인 조화다. 기계에서 찍어 내는 물건은 획일적인 것이지만 자연에서 만들어지는 것은 차별적 조화다. 이 땅에 마음껏 물감을 풀어 내는 수목들처럼 서로의 개성이 어우러져야 차별이 있는 아름다운 조화라고 말할 수 있다. 이런 점에서 획일적인 것은 그다지 재미없다.

불교에서 말하는 중도의 원리 또한 획일적 평등이라기보다는 차별적 평등을 말하는 것이다. 즉 구분은 있으되 모방과 집착이 없는 태도를 의미한다. 이를테면 삼라만상의 모든 현상이 차이 같지만 서로 조화를 이루고 있는 화엄 세계라고 할 수 있다. 이런 차별적 조화를 모르고 획일적으로 닮아 가려는 세태를 일러 장자는 "학의 다리가 길다고 자르지 말라"는 훈수를 두었다.

모든 것이 닮아 가는 시대라서 잔소리처럼 길어졌다. 성형 미인들이 워낙 많아서 강남 거리에는 비슷한 외모의 여성들이 많다는 이야기를 들었다. 남들이 추구하는 삶의 목표보다는 내 삶의 목표가 더 중요하다는 것을 덧붙인다.

# 지금 나는
# 행복합니다

중국 충칭 지역을 여행하면서 평소 이름으로 듣던 주자이거우九寨溝의 아름다운 풍경까지 감상할 기회가 되어 여유 있는 시간을 보냈다. 자연이 빚어 놓은 비경 속을 걸으면서 '존재하는 지금, 나는 행복합니다'라는 명상을 거듭 했다. 숨을 들이쉬며 '존재하는 지금' 하며 한 걸음 내딛고, 또 숨을 내쉬며 '나는 행복합니다'라고 하며 한 걸음 나아간다. 이런 걷기 명상은 베트남 출신의 틱낫한 스님이 방한했을 때 법회 현장에서 배운 가르침이다. 이렇게 해 보면 새삼 현재의 시간에 감사하게 되고, 사소한 불만들이 사라지는 효과를 경험할 수 있다.

그리고 이번 여행지는 티베트의 장족들이 살아가는 지역이었는데 아직까지 신앙과 풍속이 남아 있었지만, 어쩐지 그 속에 살아가는 민족은 나라 잃은 고아 같다는 생각이 들었다. 그래서인지 돌아오는 비행기를 타면서 따뜻하게 환영해 주는 조국이 있어서 참 고맙다는 인사를 했다. 내 조국, 내 가족, 내 친구들이란 존재는 이렇게 우리 삶에서 중요한 위안이 되는 것. 사실 알고 보면 살아간다는 자체가 고마운 일투성이다. 혼자 힘으로 살아가는 것 같지만 수많은 인연들의 도움 속에서 살아가는 것이기 때문이다.

오늘 많이 배우지 못했다 해도, 적어도 한 가지는 배웠을 것이다.
조금도 배우지 못했다 해도 적어도 병이 나지는 않았다.
병이 났다 해도 죽지는 않았다.
그러므로 우리는 늘 고마워해야 한다.

태국에서 존경받는 어느 스님의 법문이다. 이렇게 따져 보면, 이 험한 세상에 아직 죽지 않고 살아 있으니 이것만 해도 엄청 고마운 일이다. 그러므로 현재의 삶을 사랑하거나 감사하지 않고 살아가는 일은 인생을 낭비하는 유죄인지도 모른다. 이런 이유로 우리는 늘 감사하며 하루를 시작해야 한다. 이 뜻은 자신의 인생에서 고맙다는 말을 자주자주 전해야 한다는 의미다. 미국의 대부호였던 카네기는 자신의 일기장에 이렇게 적었다고 한다.

매일 잠들기 전 나는 감사한 일들을 머릿속에 떠올렸다. 라디오에서 흘러나오는 음악, 책 읽는 시간, 맛있는 음식, 나를 아껴 주는 사람들, 다정한 친구들…. 그 효과는 대단했다. 그것은 행복과 건강을 가져다주는 사상이었다.

이처럼 일상에 대해 감사하는 마음은 '행복과 건강'을 가져다주는 비결이라고 말한다. 카네기처럼 감사할 일이 오늘 얼마나 많이 생겼는지, 바느질을 하듯이 한 줄, 한 줄 노트에 적어 볼 것을 권한다. 티베트의 마음 치유 기도문에 다음의 내용이 있다.

몸아, 참 고맙다. 내 것이라고 당연히 여기면서 막 쓰고 살았는데 네가 있어서 이생에서 많은 것을 배우는구나. 몸아, 참 고맙다.

우리는 평소에 자신을 지탱해 주는 육신에게 얼마나 감사하며 살고 있는지 반성할 일이다. 암자 순례 때 나무 그늘에 앉아 초가을의 바람을 온몸으로 받아들이면서 스스로를 격려하는 시간을 마련해 보았다.

조용히 눈을 감고 오른손을 가슴에 얹고 심장의 박동을 느끼라고 말한다. 그리고 지금까지 심장이 멈추지 않고 뛰어 줘서 고맙다는 인사를 건넨다. 그 순간은 참으로 가슴이 뭉클해진다. 이런 과정을 통해 가장 먼저 감사해야 할 대상이 내 심장이요, 내 육신이라는 것을 알게 된다.

우리 몸의 장기를 모두 합치면 얼마의 금액으로 환산할 수 있을까? 인터넷에 떠도는 정보에는 간이나 심장, 안구, 근육 등을 합하여 51억 원이라고 한다. 이렇게 억대의 가치를 지닌 내 장기들이 아직도 멀쩡하다는 것은 실로 경이롭고 감사한 일이 아닐 수 없다. 이런 까닭에 '내 인생이여! 고맙습니다'라고 감사하는 인사를 날마다 해야 한다. 내가 알고 있는 감사 명상은 이렇다.

"우린 서로 연결되어 있고, 모두가 나를 돕고 있음에 감사드립니다."

# 흙을
# 가까이하라

 엷은 신록이 번지는 화창한 봄날이라서 최근에는 틈만 나면 밖에서 일을 한다. 구석구석 손볼 데가 참 많다. 뒤뜰에 쌓인 낙엽도 쳐내야 하고, 겨울에 땔감으로 썼던 장작은 우장으로 덮어 주어야 한다. 밭의 씨앗이나 모종도 제때 심지 않으면 절기를 놓치고 만다. 어제 보니까 이미 심어 놓은 감자에서는 잎이 돋았고, 옥수수 씨앗도 움트고 있어서 안심이 되었다. 한 평 크기의 텃밭에서 무럭무럭 자라고 있는 여린 상추 모종을 들여다보면 마음이 평화로워진다.

티베트와 가까운 라다크 지방에 전해 오는 '씨 뿌리는 노래'의
내용은 이렇다.

곡식이 무겁게 자라서
이랑까지 숙여지기를!
굵게 자라서 백 명의
청년들도 벨 수 없기를!
너무나 무거워서 백 명의
처녀들이 나를 수 없기를!

올해에는 마을 사람에게 이야기를 해서 사찰 인근에 밭을 하나
임대했다. 특별한 작물을 재배하려는 것은 아니고 일상으로 먹는
채소류를 심을 작정에서다. 겨울이면 고구마를 많이 구워 먹게 되
니 절반 이상은 고구마 농사를 할 것이다. 곧 고구마 줄기도 심어
야 하는데 다른 일상에 일손이 자꾸 밀린다. 올해에는 라다크 사
람들의 축원처럼 우리 땅의 농부들의 마음도 이런 바람일 것이다.

며칠 전에는 식구들과 함께 경사진 화단에 맥문동을 수백 포

기 심었는데 비가 내려서 자리를 잘 잡았다. 이렇게 몸을 움직여 공들인 만큼 보람은 있다. 손님 입장에서는 부러워해도 주인 입장에서는 괴롭고 힘든 일이 몇 가지가 있단다. 첫째는 첩 거느리기, 둘째는 승마, 셋째는 요트 타기, 넷째는 잔디밭 가꾸기라고 한다. 우아하고 폼 나는 일이긴 하지만 모두가 부단한 정성과 노력이 필요한 과정이라는 것이다. 여기서 잔디밭 가꾸는 일은 거듭 동의할 수밖에 없다.

잘 정돈된 전원주택의 잔디 마당을 보면 손님들은 즐거워하지만 주인은 날마다 풀과 씨름하는 과정이 요구되는 일이다. 내가 알고 지내는 어느 스님은 여름철이 되면 일절 외출을 하지 않아서 그 이유를 물었더니 잔디 마당 관리 때문이라고 했다. 그래서인지 사계절 내내 그의 절은 정갈하고 고요하다. 그 스님의 공력 덕분에 풀 한 포기 없는 수백 평의 잔디 마당이 관리되고 있는 것이다.

내가 살고 있는 이곳도 잔디 마당은 아니더라도 곳곳에 풀이 자란다. 흙이 있는 곳이면 풀이 고개를 내민다. 봄비가 여러 차례 내리더니 어린 풀들이 때를 만난 듯이 키가 자랐다. 드디어 김매는 시절이 도래한 것이다. 더군다나 사월 초파일도 코앞으로 다가왔으니까 서둘지 않으면 풀 천지가 되기 쉽다. 봄날의 꽃구경보다 풀 없애는 일이 주인 입장에서는 더 근심거리다. 나그네가 꽃구경을 하면서 감탄하기까지는 주인의 숨은 노력이 있었다는 사실을 알아주었으면 좋겠다.

　중국 명대明代의 작가가 쓴 글 중에 화노花奴라는 단어를 본 기억이 있다. 꽃을 사랑하는 일이 너무 지나치면 오히려 그 일의 노예가 된다는 뜻이다. 그래서 '꽃의 주인'이 아니라 '꽃의 노예'라는 표현을 썼을 것이다. 난초를 기른다고 어디 여행도 못 가고, 외출했다가도 신경이 쓰여서 금방 돌아온다면 그것은 취미가 아니라 집착에 가깝다고 봐야 한다. 다시 말해 꽃이 주인이 되어 나를 종처럼 부리는 꼴이 된다. 그래서 꽃 사랑이 너무 지나치면 '화노'가 되기 쉽다는 것을 알아야 한다.

　취미와 특기를 통해 인격을 도야하고 그 물건의 가치를 높이는 일은 칭송할 만하지만, 죽을 때까지 지닌다는 생각은 애착에 가깝다. 그러나 매 순간 그 일에 집중하다가도 어느 순간 그 일이 내 곁을 떠나도 서운하지 않고 덤덤하게 받아들일 수 있다면 그것이 온전한 취미이고 예술일 것이다. 나 또한 나무와 꽃에 관심을 주면서 지내고 있지만 이곳과 인연이 다하면 놓아두고 갈 생각이다.
왜냐하면 꽃씨 하나를 뿌리는 지금의 일을 즐기면 되기 때문이다.

세상의 모든 사람들이
하루에 한 번씩이라도
삽과 호미를 잡는다면
세상은 평화 쪽일 것이다.

시인 박노해의 글이다. 어쨌거나 이런 찬란한 봄날에는 꽃을
가꾸든, 풀을 매든 호미와 흙을 가까이하는 일은 정서적으로는
좋다. 거칠고 메마른 이 세상을 구원할 수 있는 것은 결국에는 거
룩한 모성母性이다. 그 모성을 땅에서 배우고 흡수해야 인성도 부
드러워지고, 그 어떤 것도 넉넉하게 포용할 수 있는 기량이 된다.
맨땅을 밟으며 흙을 가까이해 보라.

# 연등 아래에서
# 더 가난해져야 한다

지금 살고 있는 절로 거처를 옮기고 네 번째 맞이하는 불탄일이다. 사월 초파일에 즈음해서 활짝 피는 불두화佛頭花 향기가 좋아서 여기 오자마자 묘목을 구해 와서 법당 뜰에 심었다. 올해는 봉축이라도 하듯이 때맞추어 만개하였는데 눈송이를 뭉쳐 놓은 듯 순백의 향연이 더 곱다. 봄꽃이 차례차례 피었다 지고 난 뒤 눈부시게 그 신비한 생명을 여는 불두화는 오월의 꽃이라기보다는 봉축의 꽃이라 불러야 할 것 같다.

며칠 전 밤새 비바람이 휘몰아칠 때도 나는 마음이 편하지 못했다. 왜냐하면 소담하게 핀 불두화 가지가 꺾이고 쓰러질까 봐 걱정되었기 때문이다. 다음 날 아침에 여기저기 흩어진 꽃가지들을 정리하면서 간밤의 불청객이 원망스러웠다. 마치 단정하게 손질한 머리가 엉망으로 헝클어진 것 같아서 오늘 저녁나절에도 전지가위로 손을 보고 들어왔다. 가지 부러진 불두화는 내 방으로 옮겨 와서 화병에 담아 두었더니 연분홍 연등과 잘 어울린다.

부처님 오신 날을 앞두고 불쑥 꽃 이야기를 꺼낸 이유는 자비심을 이야기하고 싶어서다. 매사의 작은 눈길에도 자비심이 결여되어 있다면 부처님 오신 뜻을 등지고 사는 삶이기 때문이다. 교리 공부를 할 때는 부처님은 도솔천에서 하강下降하셨다고 배우지만 엄격히 따지면 자비심에서 오셨다고 해야 할 것이다. 《열반경》범행품에 '모든 보살과 여래는 자비심이 근본이다'는 표현이 있다. 따라서 부처님은 그 어디에서 오신 것이 아니라 자비심에서 탄생하셨다는 것이 보다 정확하다. 그렇다면 부처님이 이 세상에 오신 명확한 의미는 자비심을 실천하기 위해서 오신 것이라 해도 무방하다.

새삼 이 시점에서 우리가 왜 부처님 오신 날을 봉축하는지 자문해 봐야 한다. 그것은 자신의 일상에서 자비심이 있는지 없는지를 살펴보라는 뜻이기도 하다. 불교의 목표는 개인적으로 지혜를 완성하는 일이지만 그 지혜는 자비심으로 실현될 때 수행의 완성이 될 수 있다. 그러므로 그 어떤 종교든 지혜만 있고 자비심이 없다면 날개 잃은 불구자 신세나 다름없다.

인생의 키워드가 되고 있는 성불, 행복, 평화, 건강, 출세 등 이러한 목표와 소원들이 모두 중요하지만 이것은 자비심이 근원이 될 때 생의 보람과 의미로 확장될 수 있다는 것을 생각해 보아야 한다. 이것은 자비심이 근본이 되지 않으면 우리가 추구하는 물질은 더 이상 행복의 요소가 되지 못한다는 것을 자각해야 한다는 의미다.

국민소득 삼만 달러 시대를 살고 있는 물질적 풍요 속에 있지만, 가난하고 어려웠던 시절보다 지금이 오히려 더 불행한 것은 아닌지 살펴봐야 한다. 경제학자 잉글하트 교수는 개인 소득이 만오천 달러 이상이 되면 소득이 증가해도 행복지수가 더 이상 상승하지 않는다고 발표했다. 이와 같이 물질의 충족이 보상해 주는 행복의 한계는 분명한 것이다.

사월 초파일이 다가올 때마다 빈자일등貧者一燈의 가르침을 다시 해석해 볼 필요가 있다. 이 일화를 일찍이 경전에 소개한 것은 다름이 아니라 마음이 가난해져야 한다는 것을 강조하기 위해서다. 따져 물을 것도 없이 여기서 말하는 가난은 욕심 없는 마음을 이야기하는 것이다. 우리 삶이 이미 욕심으로 가득 차 있어서 가난해질 수 없는 인생은 아닌지 살펴보라는 뜻이다. 따라서 만족하지 못하는 욕망의 삶이 행복을 방해하는 원인이라는 것을 연등 불빛 아래서 새롭게 배워야 한다.

부처님 오신 날을 맞이하여 '왜 행복하지 못한가?'를 질문하고 그 대답을 부처님 오신 뜻에서 찾아야 할 것이다. 거듭 말하지만 자비심과 만족이 없는 삶은 우리를 불행으로 이끄는 요인이다. 그렇다면 부처님이 말씀하신 소욕지족의 가르침은 이 시대에 더 유효한 법어法語일지도 모르겠다. 이것을 알려 주기 위해서 부처님이 이 세상에 오신 것이라는 생각이 든다.

당나라 때의 걸출한 스승이었던 향엄 선사는 "어제의 가난은 가난이 아니다. 금년의 가난이 진짜 가난이다"라는 법어를 남겼는데, 여기에서 재물이 부족하여 가난한 것은 가짜 가난이고 진짜 가난은 마음이 가난해져야 한다는 것을 말하고 있다. 따라서 오늘이 어제보다 더 가난해야 할 이유가 여기에 있는 것이다. 이번 사월 초파일은 그 어느 때보다 마음이 더더욱 가난해져야 한다.

# 나는 대지의 끝에
# 가 보았습니다

경전에 이런 이야기가 전한다.

어느 날 토끼가 낮잠을 자다가 어떤 소리에 깜짝 놀라게 된다. 마치 하늘이 무너지고 땅이 꺼지는 같은 느낌을 받았다. 그래서 도망치듯 막 달리기 시작했고, 그 행동을 보고 옆에 있던 노루가 "너, 어딜 그렇게 급하게 가니?" 하고 물었다. 그러자 토끼가 뛰면서 "하늘이 무너지고 땅이 꺼진다!"라고 소리쳤다. 노루가 "진짜냐?" 하고 재차 물었지만 토끼는 대답도 하지 않고 막 뛰어갔다. 노루가 망설이다가 같이 달렸고, 그것을 보던 사슴도 덩달아 뛰게 되었다.

이런 상황들을 보고 숲속의 동물들이 너도나도 뛰게 되었다. 이 동물이 앞서가고 저 동물이 앞서가는 혼란이 시작된다. 조금이라도 앞서가는 것이 살아남는 길이라고 생각했기 때문이다. 그 숲이 끝나는 지점에는 높은 절벽이 나타나는데 아무도 그 사실을 모르고 있었다. 그때 사자가 이 광경을 보고 "어흥!" 하고 큰 소리로 고함을 쳤다. 그러니까 동물들이 놀라서 멈추게 된다.

사자가 뛰어가던 소에게 "어딜 그렇게 바쁘게 가냐?" 하고 물어보니 "몰라. 말이 달려가서 나도 뛰었던 거야"라고 대답했다. 이번엔 말에게 물어보니까 "양이 달려서 덩달아 뛰었다"고 한다. 이렇게 자꾸자꾸 물어보다가 결국은 처음 뛰었던 토끼에게 갔다. 토끼가 "하늘이 무너지고 땅이 꺼지는 걸 보았다"고 말하자, 사자가 의심스러워서 "너, 정말 봤니?" 하고 확인하니까 토끼가 자신 있게 "정말 보았다"고 대답했다.

함께 뛰었던 동물들이 "그럼 그 자리에 가 보자"라고 해서 토끼가 낮잠 자던 곳으로 거슬러 가 보았다. 그런데 토끼가 낮잠을 자고 있었던 나무는 도토리나무였다. 토끼는 낮잠을 자다가 도토리

떨어지는 소리에 놀라서 그만 뛰었던 것이다. 그래서 이런 해프닝이 일어났다고 한다. 이러한 토끼의 갑작스러운 행동에 숲속이 난리가 나고 말았던 것이다.

왜 이런 주제를 꺼냈느냐 하면 우리도 혹시 이러지 않았는지 되묻고 싶어서이다. 각자가 바쁘게 정신없이 살기는 하는데 왜 그렇게 열심히 살고 있는지 모르고 있을 수 있기 때문이다. 남들이 바쁘게 살아가니까 나도 그 속도에 맞추어 살게 되는 경우가 많다. 고속도로에서 앞서가던 자동차가 속도를 내면 뒤따르던 자동차들이 따라서 속도를 올리게 되고, 그것으로 인해 전체 도로의 속도가 높아진다. 이것은 자기의 속도를 지키기보다는 앞 차의 속도에 맞추는 심리 때문에 그렇다.

앞서 소개한 숲속의 동물처럼 계속 달려가서 어디로 도착할 것인가? 여기에서 빨리 가는 방법이 문제가 아니다. 더 근본적인 질문을 던지고 싶은 것이다. 열심히 달려가는 목적이 월급을 많이 주기 때문인지, 아니면 회사를 키워야 하기 때문인지, 어떤 성공을 위해서인지를 들여다보라는 것이다. 왜 이렇게 빨리 가야 되는지를 이제는 한번 돌아봐야 한다.

결국 욕심이 불안을 초래한다는 것을 알게 된다. 남들에게 뒤처지면 실패라는 불안 때문에 달리고 또 달리는 것이다. 빨리 가고 싶다고 빨리 가게 되는 것은 아니지만 우리는 빨리 가고 싶어 안달하고 있다. 그런데 재주나 능력은 한계가 있기 때문에 달리는 일이 더 힘들다.

그러니까 빨리 가고 싶은 것에 너무 집착하지 말고, 빨리 갈 수 있는 방법을 연구해야 한다는 것이다. 그런데 현대인들은 대부분 마음이 앞서고 있다. 그래서 심리가 불안해지고 조급해지고 또 다른 이에게 뒤처진다는 열등의식이 생기게 된다는 분석이다. 그런 불안 심리는 충분히 스스로 극복 가능하다. 그렇다면 남을 따라 달리는 것이 빨리 가는 것이 아니라 불안 심리를 제거하는 일이 빨리 가는 방법이라는 뜻이다. 그러니까 욕심을 없애면 삶의 목적이 더 잘 보인다는 의미도 되는 것이다.

모두가 일등이 되기 위해 경쟁한다면 삶이 늘 피로하다. 자주 강조하지만 우리의 행복을 방해하는 첫째 요인은 만족하지 못하기 때문이다. 분수와 능력에 넘치는 목표를 세우고 그 성공을 향해 달려가는 삶은 언제나 부족하고 허전할 수밖에 없다.

일전에 유명 영화배우가 언론과 인터뷰를 하면서 "영화에는 주연과 조연이 아니라 '주역'만 있다"라는 말을 해 귀가 번쩍 뜨였다. 모두가 주연이 되려고 하니까 불만과 열등감이 형성된다. 그런데 모두가 주역이라고 생각하면 성공과 실패의 차이는 사라지고 만다. 일률적이고 획일화된 삶의 방식을 따라 하면 언제나 자신의 삶은 초라해지고 작아지기 마련이지만 창조적인 자신의 방식을 따라가면 늘 충만하고 평등하다. 다시 말해 상대적인 기준이 아니라 절대적인 기준으로 살아간다면 우리 모두는 이 세상의 주역이 될 수 있다.

《금강경》의 가르침도 '절대적인 삶'을 살라고 권유하고 있다. 왜냐하면 절대적인 삶이 될 때 세상의 모순과 갈등은 해결되고 평화와 행복의 길이 열리기 때문이다. 《금강경》은 "세상에 크다는 것은 없다. 다만 그 이름이 크다는 것뿐이다"라고 말한다. 상대적으로 측량할 때 대소, 원근, 빈부, 우열이 있는 것일 뿐 절대적인 기준에서는 그러한 모양들이 의미 없다는 것이다. 그러니까 행복해지는 첫째 조건은 나의 삶과 남의 삶을 평면적으로 비교하지 않는 태도라는 가르침.

지난 시절에 행복하지 못했다면, 작은 일에 만족하지 못하고 큰 성공만 바라고 살아왔는지 살펴보는 일이 필요하다. 또한 남과 비교하면서 상대적인 빈곤 속에서 살지 않았는지도 살펴봐야 옳다.

인디언 나바호족의 격언에 이런 가르침이 있다.

나는 대지의 끝에 가 보았습니다.

나는 물의 끝에 가 보았습니다.

나는 하늘의 끝에 가 보았습니다.

나는 산들의 끝에 가 보았습니다.

나는 나의 친구가 아닌 것을 발견할 수 없었습니다.

온 세상에 친구 아닌 것이 없다는 뜻은 행복을 찾아 떠나지 않아도 이미 행복이라는 친구는 가까이 가득 차 있다는 의미이다. 그러니까 행복의 방식은 자신의 일상에서 발견하라는 말이기도 하다. 행복이 일상 속에 있다고 했는데 행복하지 못했다면 그것은 일상을 바라보는 태도가 잘못된 이유가 가장 클 것이다.

# 찬란한
# 봄날 앞에서

　어제와 오늘은 날씨가 포근해서 종일 밖에서 호미와 삽을 들고
이런저런 일을 하였다. 화창한 봄이 시작되면 미루어 두었던 일
을 감행하는 것이 내 나름의 봄맞이 의식이다. 지난가을에 손보
기로 마음먹었던 식당 앞 화단을 없애기로 하고 인부를 사서 작
업을 했다. 산만하게 놓여 있던 조경석을 치우고, 그곳에서 자라
던 함박꽃과 말발돌이, 금낭화, 매발톱꽃 등을 옮겨 심는 일을 하
였다. 화단 하나를 정리하고 나니까 식당 앞이 깔끔하게 배치된

느낌이라서 볼 때마다 기분이 좋다.

처음에 돌을 놓고 꽃을 심을 때는 정성을 쏟지만, 살아가면서 그때의 일이 마음에 들지 않으면 고치는 것이 나의 성격이라 최근 몇 년간 꽃과 나무들이 이사를 자주 다녔다. 이번에 화단 한 곳을 바꾼 것은 여백의 미를 존중하기 위해서다. 경남 산청의 어느 암자를 방문했다가 그곳 주인장에게서 여백이 주는 어떤 충만을 배웠기 때문이다. 모든 일이 다 그렇지만, 절제와 균형이 조화를 이루어야 품격이 살아나고 지루하지 않게 된다는 것을 다시 학습한 셈이다. 사람의 안목은 이처럼 실수와 경험을 통해 새로워지고 달라지나 보다.

속리산에서 묵은 기와를 얻어 와 겨울 내내 재어 놓았는데, 오늘은 그 기와를 꺼내서 야트막하게 담장을 쳤다. 황토나 시멘트를 쓰지 않고 투박한 모양대로 겹쳐서 쌓았는데도 느낌이 살아나서 무척 마음에 든다. 와공瓦工의 손을 빌리지 않고 솜씨를 발휘하고 싶어 고민을 많이 하던 차에 서산 개심사의 소박한 담을 보고서 답을 얻게 되었다. 어떤 일에 대해 화두가 간절하다면 그 깨침은 어느 때, 어느 장소에서 예고 없이 조우할 수 있다. 담장 덕분에 우리 절 텃밭의 분위기가 고즈넉하게 변모했다. 이런 때는 세월 먹은 기와가 그 나잇값을 충분히 해 주는 것 같다.

며칠 전에 손님이 방문하면서 수선화를 몇 포기 가져왔다. 돌틈에 심어 놓았는데 그 곁을 지날 때마다 마음이 설렌다. 꽃은 이렇게 마른 일상에 싱싱한 기운을 돌게 하는 신비한 율동이 깃들어 있다. 그 손님의 춘심春心이 고마워서 정호승 시인의 〈수선화에게〉라는 시를 두런두런 읽어 주었다. 시인은 "울지 마라. 외로우니까 사람이다. 살아간다는 것은 외로움을 견디는 일이다"라고 말하고 있다. 외롭다는 것은 생명을 성장시키는 어떤 힘이 있다. 따라서 외로움을 모르면 삶이 무디어질 가능성이 높다. 외로워야 삶의 뿌리가 단단해진다. 수선화 한 줄기도 외로움을 견디지 않았다면 뿌리가 약해져서 이 봄날에 아름다운 꽃을 피우지 못했을 것이다.

수선화와 마주할 때마다 송대宋代의 문인 황산곡의 표현처럼 '파도를 타는 신선이 물보라를 일으키듯, 초승달이 물 위를 아른아른 걷듯'이 청초한 미인의 매력이 있다는 생각을 한다. 이른 봄, 제주도와 거문도에서 자생하는 '금잔옥대' 수선화를 감상하고 나면 그 자태에 빠져들지 않을 수 없다.

내 삶의 역사에서 또 한 번의 봄을 맞이하는 감회는 사뭇 감동스럽다. 갑자기 봄이 걸어 나온 것 같지만 사실은 아주 조금씩 시간의 강을 건너면서 우리 곁에 다가온 것이기 때문에 매번 감격하게 되는 것이다. 이런 점에서 내 곁에 다가온 봄날은 더욱 찬란하다. 이렇게 따지면, 정말 소중한 것은 모두 공짜다. 봄날의 따스한 햇살도, 신선한 바람도, 온화한 달빛도, 맑은 샘물도 무료로 주어지는 선물이다. 이런 소중한 것들이 모두 공짜라는 것을 알게 되면 새삼 자연의 율동에 감사하는 마음이 생길 수밖에 없다. 그렇다면 진짜 소중한 것은 돈으로 구입할 수도 없을 뿐더러 돈으로 환산할 수도 없다. 그래서 자연이 주는 매일매일의 선물에 감사해야 한다.

이런 까닭으로 봄을 맞이할 때마다 내 스스로 겸손하고 진지해진다. 봄소식에 더 많이 귀 기울이고, 봄 향기에 자주 눈 돌리고, 봄 잔치에 적극 동참해야겠다는 각오를 한다. 봄이 오는지, 가는지 모르고 지나는 것은 봄 손님에 대한 중대한 결례이기 때문이다. 계절 속을 여유롭게 걷지도 못하고, 의미 있는 순간을 음미하지도 못하고, 만남의 진가를 알아차리지 못한 채 서둘면서 살아간다는 것은 이 봄날에 대한 예의가 아니다.

경허 선사가 수덕사 천장암天藏庵에서 발표한 법어에 이런 구절이 있다.

세속과 청산青山, 어느 곳이 좋으냐? 봄볕 비치는 곳에 꽃 피지 않는 곳이 없구나.

찬란한 봄날에는 꽃 잔치가 장소 불문하고 열리기 때문에 세속이나 절집이 우열을 가릴 수 없다. 이때는 어딜 가더라도 화사하지 않은 곳이 없더라는 뜻이다. 또한 이런 날에는 누가 옳은지, 누가 잘못인지 하는 시비도 부질없는 것인지도 모른다. 그저 자연이 연출하는 꽃 동네에서 환호하고 감동하면 되는 것이다. 어느 시인이 "이런 봄날엔 말이 필요 없구나. 산다는 것은 말이 아니니까"라고 했다는데 새삼 공감한다. 그러니까 봄날에는 지나온 삶을 후회하면서 눈물 흘릴 필요도 없고, 잘못한 것을 자책하면서 상처 낼 필요도 없다. 지금, 살아 있다는 것에 감사하면서 다시 희망을 쓰고 실패에 도전하면 되는 일이다.

이렇게 봄을 환영하는 심리에는 희망과 위로가 더 많다. 다시 말하자면, 좌절과 실망은 저 겨울에게 맡기고, 따스한 봄 날씨에 기대고 의지하는 것도 치유와 구원의 방법이 될 수 있다는 말이다.

나 찾다가 텃밭에 흙 묻은 호미만 있거든
예쁜 여자랑 손잡고
섬진강 봄물을 따라 매화꽃 보러 간 줄 알그라.

김용택 작가의 〈봄날〉이라는 글이다. 봄날은 이래야 한다. 흙과 호미를 가까이하면서 봄꽃에 한눈팔면 되는 것이다. 내 인생의 봄날을 후회 없이 예찬하고 만끽하라. 모든 때가 일기일회一期一會.

# 불탄일 아침에

    오월의 눈부신 신록 때문에 일과의 절반을 나무 아래에서 소일하는 것으로 시간을 즐기고 있다. 그저께 아침에는 꽃나무 묘종을 옮겨 심는 일로 분주했다. 옆 마을 불자가 여린 백일홍과 해바라기를 갖다 주어서 새로 만든 화단에 심었고, 뒤이어 꽃 시장에서 구입해 온 패랭이를 돌 틈 사이마다 자리 잡아 두었다. 지금은 풀 죽은 듯 시들시들하지만 며칠 더 지나면 뿌리를 내리고 본래의 생기를 되찾을 것이다. 이런 과정들과 마주하면서 꽃 가꾸고 김매는 일에 집중하고 있으면 잔잔한 기쁨이 스며든다.

우리 삶에서 꽃과 나무가 없으면 참 팍팍한 물기 없는 일상일 것이다. 그런 점에서 꽃과 나무가 삶의 아픔을 위로해 주고 인생에 소소한 기쁨을 선물하는 부분이 많다. 이를테면 고통과 상처에는 사람의 손길이 필요할 때도 있지만 아름다운 풍경을 보는 것으로도 충분히 위안받고 치유될 수 있다는 뜻이다. 따라서 마음이 어둡거나 아픈 이들은 사찰이나 교회를 찾지 말고 꽃들이 전하는 법문을 먼저 듣는 것이 훨씬 이성적인 방법이다. 왜냐하면 그 종교의 교리나 가르침 이전에 자연의 섭리에서 배우는 교훈이 더 많기 때문이다.

지난주부터 불두화佛頭花와 함박꽃이 활짝 피어서 그 옆을 자주 서성이다가 방으로 들어온다. 이렇게 오월의 꽃들은 연등과 형형색색 어우러져서 사월 초파일 봉축 분위기와 일품을 이루고 있다. 부처님 오신 날 즈음이면 꽃이 다 지고 없을까 걱정했는데 연못 주변의 붓꽃과 창포가 고개를 내밀고 있어서 다행이다 싶다. 연등이 아무리 법당을 거룩하게 장엄한다 하여도 정원에 꽃이 없다면 축제의 의미가 반감되고 만다.

이렇게 꽃과 나무 이야기를 반복하는 것은 생명에 대한 눈길을 주지 않고서는 불탄일을 수없이 맞이하여도 의미 없다는 것을 말하고 싶어서이다. 자비는 생명에 대한 관심과 감사에서 비롯되며, 그 마음이 궁극적으로는 사랑과 평화의 원천이기 때문이다. 그 어떤 종교를 섬기든 자비와 사랑이 없으면 그 사람은 결코 행복할 수 없다. 성공, 출세, 사랑, 건강, 여행 등 자신의 소원들이 인생에서 무척 중요할 테지만 그것은 어디까지나 자비심이 근원이 될 때 생의 행복으로 확장될 수 있다.

자애로운 마음을 외면하면 재산과 명예에만 그 가치를 두기 마련이다. 도전과 모험도 보람 있는 일이지만 그것에는 경쟁과 좌절이 동반된다는 것을 알아야 한다. 설령 성공의 삶일지라도 그런 일의 목표는 계속해서 욕망으로 확대 생산될 수 있다. 즉, 만족을 모르기 때문에 불행의 변수로 작용할 수 있다는 뜻이다. 그러므로 돈과 권력 이외에도 행복의 요소들이 보다 다양하다는 것을 알아야 불행하지 않다. 이 평범한 행복의 공식을 잊고 살기 때문에 그것을 재차 일러 주기 위해 도솔천의 그분이 해마다 이 땅에 오시는 것이라 믿고 싶다.

사람이 사람일 수 있는 것은 자제自制와 배려의 능력이 있기 때문일 것이다. 서로가 앞서겠다고 다투는 경쟁의 결과는 상호 간에 자멸을 초래할 가능성이 높다. 그러므로 사람다운 삶을 이루려면 반목과 투쟁에서 깨어나 보다 기본적인 사고思考 위에 서야한다. 우주적인 질서와 삶의 순리는 우리들의 마음속에 있는 것인데 거창한 곳에서 찾으려고 하니까 항상 문제다. 꽃을 가꾸고 나무를 심듯이 우리가 가슴을 활짝 열어 놓아야 신神이 비로소 들어올 수 있다. 그런 신을 모시고 있는 한 어리석은 생각이나 악한 행동을 할 수 없다는 것이 오래된 나의 신념이다. 거듭 말하지만 우리 안의 자비와 사랑이 스스로를 구원하는 진정한 신이며 부처라는 사실을 알아야 오늘의 등불 공양이 세상을 밝히는 지혜의 빛이 될 것이다.

# 개나리는 장미를
# 부러워하지 않는다

새벽에 들창으로 빗소리를 들었던 기억이 난다. 먼동이 터올 무렵 마당을 보니까 땅이 촉촉이 젖어 있었다. 이렇게 밤새 비가 내린 날 아침 풍경은 어느 때보다 기운이 맑고 깨끗하다. 이때는 시들시들하던 수목들도 생기가 넘친다. 비가 흠뻑 내려 주면 정원의 식구들도 때를 만난 듯 쑥쑥 성장한다. 우후죽순이란 표현처럼 이런 초여름에 한 마디씩 키가 자라는 덕분에 나무마다 그늘이 짙어졌다. 비 그친 후, 파릇파릇 물기를 머금고 있는 꽃과 나무를 대할 때마다 내 기분도 더불어 상쾌해진다.

오월에는 이렇게 신록과 더불어 시작하는 산거의 즐거움이 참좋다. 그래서 눈을 뜨면 먼저 하는 일이 마당을 거닐면서 꽃들에게 인사하는 일이다. 새순이 움튼 뒤 꽃이 피고, 그 꽃이 지는 것을 지켜보는 일은 경이롭기도 하고 신비롭기도 하여 시간 가는 줄 모르겠다. 이러한 이유 때문에 내 일상은 사람보다 꽃들과 보내는 시간이 더 많다.

일전에 도종환 시인이 여기를 방문했을 때 "꽃의 언어는 향기이다"라는 말을 전해 주었다. 그 말을 듣는 순간 나도 모르게 무릎을 치며 공감하고서, 그 글귀를 적어 한창 피고 있는 송엽국松葉菊 앞에 세워 두었다.

사람의 언어는 말과 글이지만, 꽃의 언어는 향기일 것이다. 계절마다 꽃은 자신의 빛깔과 향기를 통해 말을 건네고 있다. 만약, 꽃에 향기와 빛깔이 없다면 사람들은 눈길을 주거나 귀를 기울이지 않을 것이므로 그들은 향기를 흘날리면서 인사를 하고 말을 붙이고 있는지도 모른다.

벌에게는 춤이 언어라는 것은 익히 알려진 상식이다. 벌은 지능이 높기 때문에 꽃의 색과 향기, 형태를 파악하고 기억했다가 한 종의 꽃을 꾸준히 찾아갈 수 있고, 이 정보를 다른 벌에게 전해 줄 수도 있다. 이런 정보가 춤으로 전달된다는 것이다. 그렇다면 벌에게 춤은 언어인 것이며, 꽃에게는 향기가 언어가 되는 셈이다. 그러므로 꽃이 다양하게 피고 지는 세상에 산다는 것은 다정한 친구를 곁에 두는 것과 같다.

제비꽃을 알아도 봄은 오고,
제비꽃을 몰라도 봄은 간다.

안도현 시인의 표현이다. 꽃 이름과 나무 종류를 몰라도 살아가는 일에는 큰 불편이 없다. 하지만 그 이름을 알게 되면 삶의 가치와 의미가 풍요로워진다. 길가의 꽃을 알아보고 이름을 부르는 순간 그 꽃은 나와 관심 친구가 될 수 있다. 이왕이면 제비꽃을 알고 봄을 맞이하면 그의 삶은 외롭지 않다는 뜻이다. 이를 테면 꽃과 나무가 주는 작은 위안과 평화가 현재의 삶을 토닥여 준다면 비록 혼자일지라도 일상은 기쁨으로 풍성해질 수 있다.
어느 지인의 출판 기념회 때 축사를 부탁받은 일이 있었는데,

마침 그 책의 내용이 야생화와 관련된 것이라서 나는 흔쾌히 참여했고 '지성과 교양'에 관한 이야기를 주제로 삼았다. 그 자리에서 명품 가방과 명품 구두를 알고 지내는 것보다 들꽃의 이름을 기억하는 일이 지성적인 교양이라는 말을 했다. 지금도 이러한 내 지론은 변함없다. 지식은 개인적인 것에 머물지만 지성은 대중적인 운동으로 나아갈 수 있기 때문이다. 불교가 요구하는 덕목 또한 지식보다는 지성 쪽에 가깝다. 보다 고결한 지성을 통해 중생과 더불어 밝은 세상으로 나아가자는 것이 불교 운동의 핵심이다. 여기서의 밝은 세상은, 남과 비교하지 않고 자신의 소소한 행복을 느끼는 그런 공간일 것이다.

개나리는 장미를 부러워하지 않는다. 우리의 행복을 방해하는 첫째 요건은 '비교'라는 것을 수차례 말했다. 이 비교는 우월감과 열등감을 만들어 내는 참 고약한 버릇을 지니고 있다. 행복은 어디서 구해 오거나 빌려 오는 것이 아닐 것이다. 그렇다면 행복은 안에서 찾아야 하는 것인데 그것을 발견하려면 행복의 방해 요소를 제거하는 일이 선행되어야 한다. 마치 석공이 필요 없는 부분을 떼어 내면 작품이 드러나듯이 행복 또한 그 방해 요소를 없애면 보다 명확하게 보이는 것이다. 다양한 방해 요소가 있지만 비교하는 태도가 가장 큰 원인이다. 따라서 개나리는 장미를 부러워하지 않고 개성을 드러내기 때문에 아름답다는 것을 상기할 필요가 있다.

요즘에는 하얀 꽃들이 주변에 많다. 이미 낙화해 버린 이팝나무를 비롯하여 찔레꽃, 불두화, 말발도리, 층층나무꽃, 산딸나무꽃, 쥐똥나무꽃, 감꽃, 감자꽃 등 순백의 향기가 산천에 가득하다. 초봄이 화려한 꽃들의 잔치라면 초여름엔 은은한 흰 꽃들이 대세다. 올해는 유독 산딸나무에게 눈길이 자주 가는 것을 보면 아무래도 가을쯤에 한 그루 구해 와 심어야 할 것 같다.

저녁나절에 깨알같이 고개를 내밀고 있는 풀을 매는 작업을 하다가 그 속에 여린 백일홍이 여러 개 자라고 있어서 반가웠다. 옆집에서 씨앗이 날아 왔을까⋯. 모종삽으로 떠 와서 화단 주변에 심었다. 이 꽃을 어디서 옮겨 왔는지는 아무도 모르는 나만의 비밀. 이것이 오늘, 돈 주고도 살 수 없는 값진 행복이다.

# 밭을 일구면서

    올해는 밭농사를 해 볼 요량으로 동네에 백 평 정도의 빈 밭을 임대해 놓았었다. 절과 밭의 거리는 걸어서 십 분 정도 소요되는 이웃 마을이다. 몇 년 전, 여기 절과 인연이 되면서 줄곧 밭을 일구며 지냈는데 지난해 밭의 부지를 주차 공간으로 활용하면서 뿌리 작물을 재배할 큰 밭이 없어지고 말았다. 다행히 주차장 옆에 한 평 남짓한 텃밭을 만들어서 상추는 부족하지 않게 솎아 먹고 있지만 감자나 고구마 등이 없어서 아쉬웠다. 이것이 마을의 묵정밭을 빌리기로 마음먹었던 이유다.

이번 봄날에 이 묵정밭을 갈아서 이랑을 만들고 감자, 옥수수, 고구마, 땅콩을 심었다. 그 뒤로 사월 초파일 행사 치르는 일로 분주하여 한동안 밭 근처를 가 보지 못한 사이에 온통 풀밭이 되어 있었다. 부랴부랴 절 식구들이 동원되어 김매는 작업을 했다. 이 일도 날씨가 더워서 한낮에는 못하고 아침저녁으로 해 주었는데도 꼬박 사흘 걸려서 겨우 풀을 잡았다. 더욱이 비가 몇 차례 내린 뒤라 쇠비름, 명아주, 바랭이 등이 무성하게 번져 있어서 몇 번의 호미질이 더 필요했다. 밭농사는 풀과의 전쟁이고 인간사는 번뇌와의 싸움이라는 것을 새삼 경험한 셈이다.

이렇게 한아름의 풀과 씨름하고 있는 것을 지켜보던 이웃 주민이 제초 농약을 쳐야 한다는 정보를 주었다. 밭 풀이 무서운 줄은 알고 있지만 농약은 선뜻 동의할 수 없는 일이다. 약을 한 차례도 치지 않는 청정한 농산물을 먹고 싶어 이 일을 시작했으므로 땀은 흘리지만 손으로 뽑아 주는 과정을 감수해야 옳다. 그렇지 않으면 값을 치르고 사 먹는 일이 훨씬 편리하고 유용할 것이다.

밭일을 마치고 절로 돌아오는 길에 한낮의 뙤약볕 아래에서 콩밭 매는 할머니와 인사를 했다. 걸음이 불편하고 허리까지 굽었

는데도 홀로 일하는 모습을 보면서 농사짓는 삶이 그날의 화두
가 되었다. 우리에게 한 톨의 쌀과 한 개의 과일일지라도 그것은
누군가의 땀과 정성이 받쳐 주었다는 사실이다. 시골의 어머니가
도시의 자식에게 전해 주는 쌀 한 가마니는 봄부터 가을까지 노
모의 수고가 빚은 작품이라는 것을 상기해야 한다. 밥상의 고마
움을 모르면 그것은 사람답지 못하다. 자동차는 없어도 살 수 있
지만 곡식이 없으면 생명을 유지할 수 없다. 이런 까닭에 공산품
의 가치보다는 농산물의 가치가 더 존중되어야 마땅하다.

천천히 씹어서 공손히 먹어라.
봄에서 여름 지나 가을까지 그 여러 날들을
비바람 땡볕으로 익어 온 쌀인데
그렇게 허겁지겁 삼켜 버리면
어느 틈에 고마운 마음이 들겠느냐.
사람이 고마운 줄 모르면
그게 사람이 아닌 거여.

충북 제천에 살고 있는 아동문학가 이현주 목사의 〈밥을 먹는

자식에게〉라는 글이다.

어디 작은 땅이라도 있어서 농사를 해 본 경험이 있는 이들이라면 돈 주고 구입하는 채소나 과일이 값비싸다고 생각하지 않는다. 왜냐하면 배추 한 포기를 온전하게 길러 내기 위해서는 얼마나 많은 발걸음과 관심이 필요한지를 알기 때문이다. 따라서 어떤 음식이든 공손한 마음으로 천천히 씹어야 한다. 그것이 만물의 은혜와 만인의 노고에 대한 감사며 존중일 것이다.

어제 저녁나절에는 밭에 나가 이미 뿌리 내린 고구마 줄기를 잘라서 군데군데 말라 죽어 버린 모종 구멍에 다시 심고 왔다. 중노릇의 본분과 소임이 어디 거창한 곳에 있는 것이 아닐 것이다. 스물네 시간 그가 하는 일이 곧 그 사람의 살림살이다. 어떤 일에서 이치를 익히고, 그 이치로써 자신의 삶을 이끌어 갈 수 있다면 그 자체가 정진이며 수행이다.

# 여기저기
# 꽃 피었다

지난해 심은 자엽자두나무에 꽃이 피어서 아주 장관이다. 이 수종은 처음 키워 보는 나무인데 여기 절에 다니는 신심 깊은 부부가 자신의 정원에서 옮겨와 기념 식수한 것이다. 수령 20년은 되었을 이 나무는 우리 절 가족이 된 후 화사한 모습으로 자신의 진면목을 처음 드러내고 있다. 환한 꽃그늘 아래를 지날 때마다 기증자의 '나무 공양' 공덕을 떠올리게 된다.

머지않아 숲에는 신록의 문이 열릴 것이다. 그때 나도 그 대열에 동참하여 연둣빛 물감을 마음껏 풀어 내고 싶은 심정이다. 겨울 동안 얼어붙었던 땅에 따뜻한 햇살과 부드러운 바람결에 촉촉한 물기가 내리니 굳게 닫힌 나무와 꽃들의 문이 활짝 열리고 있다. 그래서 찬란한 봄날이 되면 내 가슴에도 싱그러운 기운과 맑은 수액이 넘쳐난다.

철따라 꽃이 핀다는 것은 참으로 신비하고 고마운 일이 아닐 수 없다. 제철이 와도 꽃이 피지 않는 세상이라면 얼마나 불안하고 황량한 것인지를 생각해 보면 봄을 맞이하는 반가움에 대한 대답이 될 것이다. 새삼스러운 말 같지만, 이 대지에 봄, 여름, 가을, 겨울이 있다는 사실이 얼마나 감사한지 모른다. 이 사계절 속에서 우리 민족의 감성과 의지가 길러졌을 것이기 때문이다.


만약에 봄이 되어도 꽃이 피지 않는다면 어떨까? 어느 선사가 "꽃이 피어서 봄인가? 봄이 와서 꽃이 피는가?"라고 질문했다는데 나는 꽃이 피어서 봄이라는 쪽에 손을 들고 싶다. 정말로 봄꽃이 침묵하는 때가 온다면 세상은 참으로 암울하고 불길할 것이다. 이런 까닭에 꽃이 피니까 봄이라는 표현이 옳다. 꽃이 없는 계절을 어찌 봄이라 말할 수 있으랴. 이런 까닭에 올해도 꽃들이 침묵하지 않고 자신의 속뜰을 활짝 열어 보여 주니까 새삼 감격스럽다.

　매년 봄이 되면 꽃과 나무를 심는데 이번 봄에는 칠자화七子花와 수양홍도화를 절 식구로 데려왔다. 황후의 꽃으로 알려진 칠자화는 천안에 살고 있는 지인이 선물한 것이고, 홍도화는 중국 항저우에 갔을 때 그 자태에 반하여 수소문해서 구해 온 것이다. 이미 도화나무가 몇 그루 자라고 있지만 이번의 홍도화는 마치 붉은 색종이를 걸어 놓은 것처럼 그 빛깔이 농염하고 매혹적이다. 너무 매혹적이라서 사람의 마음을 흔들기 때문에 '도화살'이라는 표현이 있을 정도다. 은은한 색으로 따지자면 매화가 일류이고 도화가 이류라고 말하지만 정열적이고 치명적인 그 색이 사람의 이목을 집중시키는 것은 어쩔 수 없는 일.

　어쨌거나 이번에 심은 이 나무들은 뿌리를 든든히 내려 내가 이 세상에 없을지라도 하늘을 향해 높이 자랄 것이다. 만약에 이 절을 떠나게 될 인연이 생길 경우에도 후임자에게 나무와 꽃은 자르거나 밟지 말라고 당부할 생각이다. 왜냐하면 나무를 키우는 데는 몇 십 년의 시간이 필요하지만 나무 한 그루를 잘라 없애는

데는 30초면 가능하기 때문이다. 나무는 '시간의 눈금'을 살아온 존재이므로 한 사람의 판단이나 결정에 의해서 그 생을 마감하는 일은 신중하고 또 신중해야 한다.

여기 이 절을 불사할 때 건물보다 나무를 먼저 심었다. 건물은 후딱 완공되지만 나무는 시간의 깊이를 지녀야 제자리를 잡는 까닭에서다. 그런 덕분에 지금은 제법 나무가 어우러져 서로 키 재기를 하고 있다. 우리 절의 나무 한 그루, 꽃 한 포기마다 그 사연이 다르고 내 손길이 깃들어 있어서 남의 식구 같지가 않다. 여기까지 인연이 되어서 내 곁에 온 나무들은 세세생생 나를 기억해 줄 유일한 친구들이다.


봄이 와도 봄을 느끼지 못하고 꽃이 피고 새가 노래해도 그것을 보거나 들을 줄 모르는 사람이 있다면 그는 병든 감성을 지녔을 것이다. 자연의 아름다움이나 신비를 외면하는 그런 사람의 병은 어떤 의사라도 치유할 수 없을 것이라는 생각을 자주 한다. 아름다움을 잃어 간다는 것은 사람이 무엇을 위해 살아야 하는지, 어떻게 사는 것이 인간다운 삶인지를 물으려 하지 않는다는 뜻도 된다.

이웃들에게 자주 전하는 말이지만, 사람이 사는 일이 명예를 높이고 돈 버는 것이 전부는 아니다. 꽃을 보고 구름을 만나고 흙을 만지는 일도 중요한 가치 가운데 하나다. 인생의 관심 전부가 오직 돈 모으는 일에만 집중되어 있다면 그 사람은 자신이 지닌 아름다움을 닫고 사는 삶일 것이다. 이 햇살 좋은 날, 꽃들이 전하는 법문에 귀 기울이면서 삶을 위로받기를.

# 잊히지 않는
# 얼굴

법당 옆 홍매에서 짙은 암향暗香이 번진다. 아침마다 발걸음이 나도 모르게 그곳으로 향하게 된다. 그러나 나무 곁에 가지 않고 먼발치에서 은은한 향기를 듣는다. 송대宋代의 학자 주돈이의 글을 보면 향원익청香遠益淸이라는 표현이 있는데, 멀리서 풍기는 향기가 더 맑다는 뜻이다. 가까이에서 코를 대고 향기를 취하는 것보다 조금 떨어져서 향기를 즐겨야 그 신비를 느낄 수 있는 것이다.

춘란春蘭도 옆에 두고 보면 그렇다. 난향이 속살을 열기 시작하면 그 은밀한 향기가 온 방에 번진다. 그렇지만 가까이 가면 향기가 진하게 다가오지 않는다. 어느 정도 간격을 두어야 향기에 취할 수 있는 것이다. 이래서 적당한 거리에서 그 사람을 그리워하는 사이를 '지란지교'라고 표현하는 것이다.

어느 해 성안 스님이 이곳에 들른 적이 있었다. 그때는 어떤 기념회가 있던 날이라서 난분蘭盆 하나가 내 방에 있었는데 마침 꽃이 피어서 방 안에 그 향기가 스며들었다. 성안 스님이 그 향기를 가져가야겠다며 손수건을 꺼내더니 꽃 위에 올려놓고 향이 배어 들 때까지 기다렸다. 그리고 다음 날 그 손수건을 가지고 가야산으로 떠났다. 꽃향기 한 움큼 지니고 그렇게 산으로 돌아갔다.

봄날이 되면 문득문득 그 스님 생각이 난다. 섭섭할 틈도 주지 않고 영영 이별이라서 매화꽃을 보니까 그가 더 그립다. 무엇이든 다 베풀 것 같은 격의 없는 미소를 지으며 성큼성큼 다가오는 상상을 한다. 꿈에서라도 만난다면 이번에는 매화 향기를 손수건 가득 담아서 보내고 싶다. 꽃향기처럼 가까이 있을 때는 모르지만 꽃이 지고 나면 다시 기다리게 되듯이 벗 또한 이별하고 나면 더 그리워지는 관계가 되나 보다.

만남에는 서로 영혼의 메아리를 주고받을 수 있어야 한다. 너무 자주 만나게 되면 상호 간에 그 무게를 축적할 시간적인 여유가 없다. 먼 거리에 있으면서도 마음의 그림자처럼 함께할 수 있는 그런 사이가 좋은 인연일 것이다. 그러므로 만남에는 반드시 그리움이 따라야 한다. 그리움이 따르지 않는 만남은 이내 시들해지게 마련이다. 성안, 그 사람은 승가의 서열로는 후배이지만 다정하고 청정한 도반으로 내 가슴속에 간직되어 있다.

가수 김광석은 "매일 이별하며 살고 있구나"라고 노래했다지만 뜻밖의 이별은 우리를 슬프게 한다. 세상에는 수없는 이별의 모습이 존재하지만 준비 없이 훌쩍 떠나 버리는 일은 살아 있는 이들에게는 긴 그리움이며 아픔이다. 그가 급작스럽게 세연을 정리한 지도 몇 년의 시간이 흘렀지만 아직도 친지들은 생전의 그의 모습과 무게를 되새기며 추억한다. 사람이 가고 나면 그에 대한 기억만 아프게 남는가 보다.

부산 모임을 끝낸 후 역사驛舍까지 동행하면서 이런저런 대화를 나누고 플랫폼에서 다른 열차에 오를 때 각기 손을 흔들었다.

나는 대전행이었고, 그는 대구행 열차를 기다리고 있었다. 그는 그때도 해맑은 미소로 "다음에 또 봐요" 하며 합장을 했다. 이쯤에서 생각해 보면 이것이 이생에서의 마지막 하직 인사가 된 셈이다. 그러니까 우리 삶에서 친교와 안부를 나누는 모임은 미루지 말고 먼저 악수를 청해야 그의 부재가 왔을 때 상대방에게 마음의 빚을 지지 않는다. 만남을 다음으로 미루다가 아주 다음 생으로 그 약속이 이월될 수 있으므로 매사에 말빚을 지면 안 되는 것이다.

그이가 보여 준 팔만대장경에 대한 열정과 원력은 누구보다 앞섰고 그 사명 또한 투철했던 것으로 기억한다. 그 어떤 이들보다 그 자리에는 그 사람이 적격이었다. 사람은 스스로 노력과 정진을 통해 가장 자신 있게 할 수 있는 일을 만났을 때 능력과 성과가 달라지게 마련이다. 성안 스님이 마치 제 몸에 맞는 옷을 입은 사람처럼 아주 열성적으로 그 일에 몰두하고 연구하는 것을 지켜보았다. 아무리 생각해 봐도 대장경에 대한 그의 열정은 금생의 인연으로 이루어진 것이 아니고 전생 인연의 순숙이라고 설명할 수밖에 없다. 그렇지 않고서는 그런 일을 손쉽게 척척 해낼 수가 없었을 것이다. 그 어느 시절 대장경 불사를 했던 이가 환생하여 그 일을 다시 만났다고 믿고 싶다.

한 사람이 이 세상을 떠난다는 것은 박물관 하나가 사라지는 것이다.

아프리카의 어느 마을에서 고인故人을 추모하는 말이다.

한 인물이 세상을 떠나면 그 사람이 지닌 경험과 지식도 함께 소멸되는 것이다. 각자의 인생은 그 자체로서 무한한 이야기와 다양한 역사를 보관하고 있는 박물관이며 도서관이었기 때문이다. 이런 점에서 그가 대장경 연구의 결과를 세상에 발표하지 못하고 떠나게 되어서 더 안타깝다. 그러나 그가 보여 준 왕성한 탐구 정신은 대장경 발전에 소중한 밑거름이 되었다. 그는 남아 있는 우리들에게 생을 사랑하고 집중하는 그 방법을 가르쳐 준 셈이다.

**2**

함께 아래에 서겠습니다

# 구하는 것이 없어야
# 행복하다

　어제는 멀리서 손님이 다녀갔다. 몇 십 년도 더 되었을 오래된 인연인데 소식이 두절되었다가 연락이 닿아서 여기를 찾아왔다. 문경 근처의 시골에서 과일 농사를 지으며 지낸다는 근황을 전하면서 다른 어느 시절보다 마음이 편안하다고 했다. 그의 곁에는 중년 이후에 만난 부인이 있었는데 무척 다정해 보였다. 인생을 살면서 용기와 희망을 주는 사람과 동행하는 것도 행복의 과정이겠구나 하는 생각이 들었다. 그들 부부는 큰 욕심 없이 하루

하루 기쁘게 살아가길 염원하며 기도 올렸다고 했다.

그들과 나누었던 대화를 떠올리며 오늘 아침에는 행복의 문제를 점검해 보는 계기가 되었다. 결코 행복은 미래에 있는 것이 아닐 것이다. 지금 여기에서 발견하고 누려야 할 대상이다. 내일 한꺼번에 숨 쉴 것이라며 호흡을 참는 자는 어리석다. 그러므로 오늘 필요한 숨을 쉬어야 하루의 기쁨일 것이다.

여기 사과를 두 개 가진 사람과 한 개를 가진 사람이 있다고 가정해 보자. 과연 누가 더 행복할까? 모범 답안은 '두 개를 지닌 사람이 더 행복하다'일 것이다. 그러나 보다 명확한 답은 한 개와 두 개가 중요한 것이 아니라 사과 맛을 느끼는 사람이 더 행복하다는 사실이다. 사과를 지니고 있는 것이 아니라 그 사과를 활용하는 사람이 행복을 만들어 가는 인생이라고 봐야 한다. 그 사람이 비로소 행복을 향유할 줄 아는 사람인 것이다.

이즈음에서 행복은 어떤 조건이 아니라 향유의 문제라는 것을 알게 된다. 행복의 조건이 갖추어져 있어도 그것을 누리지 못한다면 오히려 불행에 가깝다. 소유하고 있다고만 해서 행복이 되는 건 아니라는 결론이 될 수 있다. 이런 입장에서 행복의 문제를 다시 들여다볼 필요가 있겠다. '연봉이 얼마냐?', '집이 몇 평이냐?'가 중요한 게 아니고 소박한 기쁨을 즐기는 인생이 더 좋을지도 모른다.

우리가 넘어지는 것은 큰 산에 걸려서가 아니다. 작은 돌부리가 그 원인이 되기도 한다. 이와 같이 작은 일에 마음 상하고 사소한 사건에 기분이 상하게 마련이다. 이것을 바꾸어 보면, 사소한 것에 기쁨을 느낄 줄 알아야 행복 지수가 상승한다는 뜻도 된다. 그러니까 보잘것없는 조건을 지녔다고 해서 반드시 불행한 것이 아니라는 것을 말하고 싶은 것이다.

《어린 왕자》를 읽어 보면, 어른들은 친구를 데리고 오면 "너희 집은 몇 층이니? 크기가 얼마니?" 하고 물어본다. 그러나 아이들은 "너희 집에 장미꽃이 피었니? 담쟁이가 자랐니?" 하고 물어보는 장면이 있다. 이렇게 어른들은 매사를 물질적으로 평가하지만 아이들은 가치적으로 평가하는 것이다. 모든 상황을 물질로만 기준 삼는 인생은 너무 인정 없어 보인다. 돈이나 명예 이외에도 우리를 행복하게 해 주는 조건들은 다양하다는 것을 인정할 때 행복 추구의 방식이 달라질 수 있다.

불교학자 고 김동화 박사는 평소에 "유구有求면 유고有苦이고, 무구無求면 무고無苦이다"라는 말씀을 자주 했다. 이 뜻은 "구하는 것이 있으면 괴로움이 있고, 구하는 것이 없으면 괴로움도 없다"는 명언이다. 여기에 행복의 비밀이 있다. 소유하는 것에 비례하여 괴로움의 부피도 늘어나는 것이다. 그러므로 욕심 많으면 행복이 줄어들고 욕심 적어지면 행복이 늘어나는 이치다. 지금, 행복하지 못하다면 그것은 만족하는 것보다 구하는 것이 더 많기 때문일 가능성이 높다.

브라질올림픽이 개최되었을 때 세계인들의 축제를 구경할 수 있었다. 그런데 메달 수여식을 자세히 관찰해 보면 흥미 있는 현상이 있다. 시상대에 오른 선수들은 대체로 기뻐하지만 은메달 선수는 크게 웃지 않는다. 그것은 금메달 도전에 대한 아쉬움 때문에 그렇다는 보고서가 있다. 조금만 더 잘했으면 금메달을 목에 걸 수 있었다는 자책 심리가 은메달에 대한 기쁨을 반감시킨다는 것이다. 은메달 선수의 입장에서 충분히 이해가 가는 일이다. 이와 달리 동메달 선수가 가장 행복한 표정이다. 그것은 동메달의 주인공이 되었다는 성취감 때문에 그렇다. 만약에 순위권에서 멀어졌다면 그 동메달은 다른 선수에게 넘어갈 수 있었을

것이다. 그러므로 심리적으로는 금메달의 행복과 동일한 것이라
할 수 있다.

여기에서 은메달 선수는 목표를 위로 구했기 때문에 덜 행복했
지만, 동메달 선수를 목표를 아래로 구했기 때문에 더 행복했다.
따라서 크게 바라면 크게 괴롭지만 조금 바라면 조금 괴로운 것
이다. 이 논리를 정리한 것이 '무구無求 행복론'이다. 결국 큰 욕심
없는 마음이 행복의 길이다. 달리 다른 비결이 없다.

# 꽃이 지는 것을
# 서러워 마라

일찍 핀 봄꽃들은 벌써 분분한 낙화의 때를 만나고 있다. 공양 간 뒤에는 벚꽃들이 떨어져서 온통 꽃길이 되었다. 봄비에도 꽃이 지고, 일렁이는 바람에도 꽃잎이 공중에 흩어진다. 옛사람들이 말했던 공화空華가 바로 이것이다. 철학자 강신주는 벚나무를 두고 이렇게 적었다.

벚꽃이 열흘 반짝 피어도, 나머지 기간을 볼품없는 시커먼 나무로 있어도 그 기억 때문에 나머지 시간을 견딘다. 겨우 열흘 남짓한 그 시간 때문에 벚나무라고 불리는 것이다.

철학자답게 사색의 시선이 숨어 있는 글이다. 벚나무는 꽃이 필 때 사랑받고 관심을 받게 되어 있다. 벚꽃이 다 지고 나면 사람들은 벚나무 구경을 따로 가지 않기 때문이다. 나무는 그대로인데 꽃만 사랑하는 심리라 할 수 있다. 그래서 동백나무는 그런 대접을 받기 싫어서 가장 화려하고 절정일 때 자신의 전부를 던져 버리고 만다. 시들어진 꽃이 아니라서 동백은 목숨을 마쳐도 아름다운 것이다.

그 어떤 꽃이든 지는 순간은 서럽게 느껴지는 게 인지상정이다. 시인 조지훈은 꽃이 지는 아침은 울고 싶다고 노래했다. 누구나 꽃필 때가 그 삶의 절정이다. 이런 이유 때문에 꽃피는 시절이 영원하길 바라는 것인지도 모른다. 사람도 꽃다운 나이가 있고, 지구도 꽃처럼 아름다운 시절이 있었을 것이다.

아주 오래전 〈화양연화〉라는 영화를 본 적이 있다. '여자의 가장 아름다운 한때, 혹은 인생에서 가장 아름답고 행복한 순간'이라는 부제를 달고 있어서 설레는 가슴으로 마주했던 영화다. 남자

주인공 양조위가 연인을 그리워하다가 차마 잊지 못하고 앙코르 와트의 오래된 사원 기둥의 돌구멍에 대고 고백을 한 후 흙으로 막아 버리는 마지막 장면은 가슴이 저려 오는 명장면이다. 아무도 모르는 공간에 행복했던 시절을 묻어 둔 것이다. 그때 흘러나오던 첼로 선율이 좋아서 가끔 음반을 꺼내 듣기도 한다.

사람들은 누구나 화려하게 피어나는 꽃이 되고 싶어 하지만 지는 꽃도 아름답다는 것을 알아야 삶이 부드러워진다. 꽃이 져야 열매를 맺는 법. 꽃이 가지를 떠나지 못하고 미련을 두면 담백한 이별이 될 수 없다. 우리 인생도 아름다운 시절을 통해 삶의 무늬를 풍성하게 하는 요소가 되었으면 그것으로 만족할 수 있어야 할 것이다. 그렇다면 우리 인생의 봄날은 언제일까? 젊은 청춘이 봄날일까, 아니면 사랑할 때가 봄날일까?

꽃이 피는 봄날만이 아름다운 시절은 아닐 것이다. 우리 인생의 모든 과정이 아름다운 시절이라고 정의하고 싶다. 설령 노년의 삶일지라도 지금 이 순간이 아름다운 때이고 절정의 시절이다. 소설가 빅토르 위고의 명언 중에 "인생의 가장 아름다운 날들은 우리가 아직 살지 않은 날들이다"라는 표현이 있다. 따라서 우리가 죽기 전에는 모두가 아름답고 눈부신 날이나 다름없다.

가야산 해인사 동구(洞口)에서 도자기 빚는 일을 하다가 작고하신 토우 선생이 79세 되던 해에 남긴 글이 있어서 적어 왔다.

글씨도 그저 그저
생활도 그저 그저
마음도 그저 그저

모든 일이 다 그저 그렇다는 설명이다. 그렇지만 소박하게 세상 이치를 받아들이는 달관된 노작가의 성품이 잘 들어 있다. 그럭저럭 별일 없이 하루하루 지내는 일도 삶을 바라보는 가장 빛나는 시절일 수 있다.

강원도에 살고 있는 내 친구는 "지금, 이 순간 행복하기"라는 말을 즐겨 사용한다. 오늘 불행한 사람은 내일도, 다음날도 불행해지기 쉽다. 이런 까닭에 "오늘 행복해지기 위해서는 내게 무엇이 필요할까?"라고 물어보지 말고, "지금 여기서 어떻게 하면 즐거울까?"라고 물어야 한다. 조건이 갖추어지지 않아도 우리 주변에는 충분히 행복을 제공하는 자잘한 일상들이 많이 있기 때문이다.

사람마다 타고난 능력을 써야 하는데 자신의 능력보다 더 크게 발휘하려고 하니까 힘든 경우가 많다. 그러니까 행복할 수 있는 만큼 무엇이든 해야 행복한 사람이 되는 것이다. 물질에 주파수를 맞추면 행복의 조건은 궁핍해질 수밖에 없다는 사실을 인식할 필요가 있다.

당대唐代의 인물 임제 선사가 남겨 놓은 행복 비결은 "즉시현금卽時現今 갱무시절更無時節"이다. 지금 여기서 행복해야 하며, 달리 다른 날을 기다리지 말라는 법어. 이미 지나가 버린 과거를 가지고 되씹거나 아직 오지도 않은 미래에 기대를 두지 말고, 지금 그 자리에서 최대한으로 살라는 당부다. 어느 식당에 가니까 "오늘이라는 무대에 최선을 다하자"라고 쓰여 있었다. 이것이 임제 선사의 법문과 다르지 않더라. 오늘 나에게 주어진 무대에서 최선을 다하는 삶이 완벽한 주인공의 역할이다. '나중에 하지 뭐…. 다음에 하지 뭐…' 이러는 사람에게는 그 나중은 실종되고 다음엔 기회가 오지 않을지도 모른다.


桃花欲經夏  복숭아꽃이 여름까지 가고 싶지만
風月催不待  세월이 기다려 주지 않는다.

꽃이 진다고 서러워하거나 속상해하지 마라. 또한 떨어진 꽃잎 주워 들고 울지도 마라. 그리운 사람에게 보여 주고 싶은데 보여 주지 못한 아쉬움 정도로 위로받아라. 사과 꽃은 지겠지만 그 자리에 다시 예쁜 사과가 열리듯이 떠나는 것을 슬퍼할 것 없다. 버리고 놓을 때 다시 얻게 되는 것이 세상 순리이기 때문이다.

# 깨달음은
# 따스한 시선이다

8세기 중엽의 스승 청원 선사는 "산은 산, 물은 물!"이라는 법어를 세상에 남겼다.

노승이 30여 년 전 참선하기 전에는 산은 산이었고 물은 물이었다. 그 후에 스승을 만나서 안목이 열려 보았을 때는 산은 산이 아니었고, 물은 물이 아니었다. 그리고 모든 분별을 놓고 나니까 그때 역시 산은 산이고 물은 물이더라.

이것은 깨달음 이전과 깨달음의 과정과 깨달음의 세계를 말한 것이다. 그러니까 깊은 수행을 통해 깨달음은 이렇게 전개되고 있다는 설명이다. 깨닫기 전과 후에도 여전히 산은 산이며, 물은 물이라는 방식이다. 어쩌면 현상과 본질은 달라지지 않았는데 관찰자의 입장이 달라진 태도인지도 모른다. 이렇게 깨달음의 안목이라는 것은 세상을 향해 보다 긍정적이고 따스한 시선이 된다는 의미다.

대부분 사물을 인식할 때 본래 그대로 받아들이는 것이 아니라 각자의 분별이라는 과정을 통하게 된다. 다시 말해 자신의 지식과 이해가 개입된다는 것이다. 자연과 마주하면서도, 꽃을 사랑하는 사람에게는 꽃만 보일 것이며, 그림을 좋아하는 사람에게는 풍경으로 보일 것이며, 부동산 업자에게는 매매의 대상으로 투영될 것이다. 이렇게 각자의 이해타산과 상관없이 산은 산이고 물은 물일 뿐이다. 그러나 욕심을 정화하는 과정을 거치고 나면 여전히 산은 산이고 물은 물이지만 내 감정이 개입되지 않으니까 무심히 바라볼 수 있는 것이다.

이러하다면 깨달음의 세계는 세상을 향해 끝없이 부드러워지고 친절해지는 태도라고 정의할 수 있겠다. 즉 객관과 주관이 사라지고 시비분별에서 자유로워지니까 자비심이 충만한 그런 공간인 것이다. 그래서 깨달음을 이야기하는 스승이 까칠하고 무뚝뚝하다면 그것은 참다운 깨침이 아닐지도 모른다.

근래에 우리 교단의 교육을 책임지는 어른이 "깨달음은 이해다"라는 주장을 하여 논쟁이 가열된 적이 있다. 나는 개인적으로 깨달음은 이해될 수 있다는 주장에 동의하는 쪽이다. 그분은 "깊은 사유와 성찰을 통해 깨달음은 이해될 수 있다"는 전제를 달고 있다. 즉 사유와 성찰의 과정을 거쳐야 깨달음은 이해될 수 있다는 견해다. 따라서 자기 수행이나 자기 발견이 없는 사람에게는 깨달음은 이해될 수 없다는 뜻도 된다. 그러니까 지식적인 이해가 아니라 체험적인 이해라는 것으로 해석하고 싶다. 깨달음의 세계를 논리로 분석하는 것은 무리가 있지만 어떤 사유와 성찰의 단계를 거친다면 깨달음은 인식으로 이해될 수 있을 것이다.

왜냐하면 어떤 깨달음의 안목이라는 것은 인식의 전환에서 시작될 수 있기 때문이다. 마음의 변화는 곧 행동의 변화로 나타나기 마련이다. 그래서 사유와 성찰을 통해 자신의 내면을 들여다보는 여과를 거쳐 분별과 욕심이 줄어들었다면 그것은 작은 깨달음이 될 수 있을 것이다.

나는 강연할 때마다 경전의 교리나 선종의 법어를 보다 쉽게 설명하면서 전달하려고 고민하고 있다. 아무리 고귀하고 현명한 진리라 할지라도 그 용어가 어렵다면 그 사상은 이미 사람들과 멀어져 있는 것이기 때문이다. 어떤 가르침을 대중성 있게 전달하지 못하는 것은 듣는 사람의 문제가 아니라 그것을 설명하는 사람의 허물일 것이다.

이곳 절과 인연이 되던 그해 겨울에 여유가 주어져서 법정 스님의 저서를 빠짐없이 다시 읽을 기회가 되었다. 새삼 그 필력에 감탄하게 된 것은 문장마다 어려운 용어가 없다는 것이다. 평이한 서술이지만 그 행간에는 불교 교리와 사상이 깊이 스며 있었다. 그러니까 불교적 용어로 서술하지 않더라도 충분한 감동을 줄 수 있다는 것이다.

요즘에 대중적으로 인기 있는 몇몇 스님들의 공통점도 불교의 가르침을 쉽고 편안하게 이야기한다는 특징을 지니고 있다. 이분들의 강의는 거의 공감할 수 있는 내용이라서 대중들이 호응하고 이해하는 것이다. 결국 이해한다는 것은 반응한다는 의미다.

그 이해를 통해 자신의 아픔을 치유하고 내면을 성찰하는 효과로 나타날 수 있을 것이다. 그래서 깨달음은 어떤 식으로든 이해되어야 한다는 입장이다.

내 경우는 일상의 깨달음은 큰 감동과 충격에서 비롯된다고 말한다. 자신의 편견이나 가치관이 어떤 감동이나 충격과 마주했을 때 인생의 새로운 전기나 전환이 올 수 있기 때문이다. 그래서 어떤 인물이나 사건을 통해 감동과 충격이라는 강한 울림이 있다면 그 시점부터 인식의 변화가 올 수 있다. 결국 인식의 변화는 한 사람의 행동양식을 바꿀 수 있는 것이다. 다시 말해 신앙과 사상이 자신의 삶에 어떤 영향이나 위안을 제공하지 못했다면 그 사람은 감동과 충격에 반응하지 못하는 감성인지도 모른다. 일상의 작은 감동과 충격을 통해 감사와 위로가 전해졌다면 그 사람은 자잘한 깨달음을 경험한 것이라 말하고 싶다.

# 물고기는 물속에서
# 물을 찾는다

이런 이야기가 있다.

세상이 처음 생겼을 때 인간에게는 행복이 미리 주어져 있었다. 그런데 인간들이 행복을 지니고 있으면서도 자꾸 욕심을 내니까 천사들이 그 행복을 회수하기로 결정을 했다. 이쯤에서 천사들의 고민은 회수한 그 행복을 어디에 숨기느냐 하는 것이었다. 왜냐하면 영리한 인간들은 어디에 숨겼는지 잘 찾아내기 때문이다. 그래서 천사들이 모여서 논의를 하게 된다.

어떤 천사가 "저 바다 깊숙이 숨기면 어떨까요?" 하며 제안했다. 그러자 다른 천사들이 "인간들의 머리는 참으로 비상하오. 바닷속이라도 반드시 찾아내고 말 것이오"라며 반대했다. 이번에는 다른 천사가 "가장 높은 산의 정상에 숨기면 어떨까요?"라며 의견을 냈다. 역시 많은 천사들이 "제아무리 높은 산에 숨겨 두어도 찾을 것이오"라는 염려를 했다.

마침내 회의를 거듭한 끝에 천사들은 숨길 장소를 이렇게 결정지었다.

"인간들의 마음속 깊이 숨겨 두기로 합시다. 인간들의 머리가 비상하고 탐험 정신이 강하다 하더라도 자기들의 마음속에 숨겨져 있는 것을 알기는 힘들 것이오."

물고기가 물속에 있어도 물을 모르고 목말라하는 이치와 같다. 위의 이야기는 행복을 지니고 있으면서도 행복을 찾지 못하고 갈구하고 있다는 것이 주제다. 우리는 행복을 언제나 멀리서 찾기만 하여서 가까이 있는 행복의 존재를 만나지 못하는 것은 아닐까. 그렇다면 행복의 기준이나 조건을 수정하지 않으면 영영 알지 못할지도 모를 일.

강연이 있을 때마다 일관되게 주장하는 행복 찾기 공식은 참 간단하다. 행복의 방해 요소를 제거하라는 것이다. 그러니까 무조건 행복을 찾으려 하지 말고 방해하는 그 원인을 찾으면 문제는 해결된다. 마치 석공이 필요 없는 부분을 떼어 내면 원하는 작품이 선명해지듯이 행복 방해꾼들을 청소하면 행복이 드러나는 원리다.

건강을 회복하는 방법도 그렇다. 몸에 좋은 음식 백 가지를 먹는 것보다 몸에 좋지 않은 열 가지 음식을 먹지 않는 습관이 더 효과 있는 치료법이다. 즉, 건강을 해치는 음식을 먹지 않는 것이 비결이다. 나쁜 음식을 먹으면서 건강을 유지하려고 하니까 그 목표를 이루기 어려운 것이다.

행복 찾는 방법도 크게 다르지 않다. 백 가지 행복의 조건을 구하지 말고, 행복을 방해하는 열 가지 원인을 제거하면 행복의 수치는 상승한다. 행복을 방해하는 요인들에 대해서는 관심을 가지지 않고 행복의 조건들만 찾으니까 그 행복이 자꾸 멀어지는 것이다.

수학적으로 정리해 봐도 이런 공식이 딱 맞아 떨어진다. 행복은 욕망 분의 재화(행복 = 재화/욕망)이다. 다시 말해 물질의 양이 높아져야 행복의 수치도 높아진다. 그런데 우리의 행복 추구 방식은 분자인 물질을 높여서 분모인 욕망을 채우려는 식이다. 따라서 재화, 즉 돈이나 명예가 부족하면 행복은 상승하지 않는 한계를 지니게 되는 것이다.

그런데 이것을 반대로 대입해 보면 행복의 방식이 보다 명확해진다. 이를테면 분자인 재화를 채우려하지 말고 분모인 욕망을 내려놓는 방법이다. 그렇게 하면 욕심의 원인이 제거되니까 재화에 대한 기준도 감소하게 되므로 자연스럽게 행복 지수가 증가하게 되는 것이다. 여기에 행복의 포인트가 있다. 행복의 조건보다는 행복의 방해 요소를 알아차리는 일이 그래서 중요하다.

출가 이후 행복을 방해하는 가장 큰 요소를 정리해 보니까 딱 두 가지더라. 그것은 비교하는 심리와 만족하지 못하는 마음이다. 결국 분수 넘치는 욕심이 행복을 가로막는 바리케이드다. 행복이 마음으로부터 온다는 것을 이미 배웠다. 그럼에도 삶을 들여다보면 인물, 학력, 집안, 연봉, 자동차 등 외부적인 것과 비교하는 것을 버릇처럼 하고 있다. 비교는 결과적으로 열등감을 형성하게 되는데 이 열등감이 불행의 원인이라고 생각한다는 사실이다. 그렇기 때문에 이런 감정에서 벗어날 필요가 있다는 것이다.

불교 최고의 이상향은 도솔천으로 알려져 있다. 이 도솔천의 뜻이 지족知足이니까, 만족할 줄 알 때 그 사람이 서 있는 자리가 행복한 세상이라는 결론이 되는 것이다. 돈과 명예가 행복의 절대조건이라면 역대 제왕들과 재벌들은 이미 도솔천의 주인이 되었을 것인데 아직 그 소리는 못 들어 봤다.

한국의 경제 성장은 앞서가는데 행복 지수가 하위권으로 집계되는 이유가 한국인들의 두뇌와 관련이 있다는 글을 읽었다. 머리가 너무 좋으니까 이루고자 하는 욕구는 팽창을 하는데, 만족도는 멈추거나 후퇴한다는 것이다. 따라서 욕구 대비 만족이 늘 부족하니까 행복하다고 느끼지 못한다는 분석이다.

그렇다면 내 인생의 행복을 방해하는 요소를 제거하면 되는데, '이것'을 버릴 때 가능하다. 여기서의 '이것'은 자존심, 미움, 질투, 욕심 등이다. 자신의 행복을 위해 '이것'으로부터 자유로워질 것을 약속하는 것이 신앙인들의 올바른 기도며 행복의 열쇠다.

# 연못 이야기

지리산의 세 평짜리 오두막에서 살고 있는 어느 스님의 거처를 다녀온 뒤 작은 연못이 소박하고 운치 있다는 것을 배웠다. 흙과 나무로 지어진 암자의 마당 한쪽에 아기자기한 연못을 만들어서 수련을 심었는데 그 조촐한 풍경이 기억에서 잊히지 않는다. 내게도 인연이 주어진다면 그런 조그마한 연못을 가지고 싶다는 생각을 했었다. 벌써 그 일이 아주 오래전 시절이다.

그때의 기억이 나서 지난해에 내 손으로 연못을 만들어 보았다. 모양은 원형으로 하면서 한 평 남짓한 크기였지만 땅을 파고 흙을 져다 날라서 연지蓮池를 완성하는 일이 참 즐거웠다. 연못 바닥에는 보온 천을 깔고 그 위에 비닐을 덮고, 또 보온 천을 깔았다. 그래야 물이 새지 않는다는 지인들의 조언을 따른 것이다.

완성된 연못 주변에는 야트막한 돌을 박아서 운치를 더하고 돌 주변에는 창포를 심었다. 그런 다음에 수생 식물원을 운영하고 있는 목사님께 달려가서 수련 몇 포기를 얻어 왔다. 수련이 몸살 날 것을 염려하여 절 앞의 논흙을 실어 와 채워 주면서 공력을 들였다. 이렇게 연못을 완성하고 난 뒤 수련의 첫 개화를 기다리고 있는데 아침에 나가 보니 수련꽃대가 흔적 없이 사라지고 말았다. 나의 수사력을 동원해 본 결과 짐승의 소행이었고, 유력한 용의자는 고라니 가족. 연못에 들어가서 막 부풀어 오르는 꽃대를 꺾어서 먹어치운 것 같은데 그 일은 밤새 연이어 일어나더니 수련 잎까지 없어졌다.

그렇게 수난을 당한 수련은 결국 꽃을 피우지 못했고, 수련이 아름답게 피어 있는 연못의 풍경은 그해 여름에는 주어지지 않았다. 대신 큰 수조에 심어 놓은 홍련이 활짝 피어서 그나마 위안이 되었던 것 같다.

그리고 작년 늦가을에 연못에 보온 천을 덮고 비닐을 씌워서 월동 준비를 해 두었다. 이번 봄에 비닐을 걷어 내고 소식을 기다리는데 새순이 올라오지 않아서 자세히 보니까 뿌리가 죽어 있었다. 보온한다고는 했지만 추위를 견디지 못하고 생을 마친 셈이어서 분양해 준 목사님께는 미안한 일이다. 지금은 한 포기 심어 놓은 어리연이 빠른 기세로 번지고 있는 걸 보면서 허허 웃는다. 수련을 키우기 위해 만든 연못에 어리연이 주인이 되어서 살고 있는 셈이다. 며칠 전에 어리연꽃이 노랗게 피어서 그마나 위로 삼는다. 세상일의 크고 작은 것이 반드시 내 뜻대로 된다는 보장은 없다. 다만 그 과정을 통해 순수하게 몰입하고 삶의 이치를 배운다는 것이 보다 중요한 일이다.

어제는 돌확 하나를 연못 가운데 놓았더니 은근히 마음에 든다. 오유지족吾唯知足이라는 글자가 새겨진 돌인데 일본 사찰의 정원에서는 흔히 볼 수 있는 물건이다. 일전에 교토의 사찰을 돌아보면서 용안사 뒤뜰에 조성되어 있는 그 작품이 참 인상적이어서 사진으로 찍어 왔었다. 그런데 골동 물품 취급하는 곳을 지나다가 유사한 작품을 발견하고 우리 연못으로 가져온 것이다. 사실은 물건의 모양보다는 그곳에 새겨진 오유지족의 뜻이 좋아서다. 우리의 행복을 방해하는 것은 따져 묻지 않아도 불만족이다. 그런 점에서 오직 만족할 줄 아는 것이 행복의 묘약이다. 이 가르침을 날마다 연못 앞에서 배우고 느끼라는 의미다.

여기 절은 계곡이 없어서 물이 귀하다. 물이 흔하다면 수각을 만들어서 밤새 졸졸 흐르게 하고 싶은데 그 또한 뜻대로 안 된다. 샘물 흐르는 소리에 잠들고, 그 소리에 아침을 맞이할 수 있다면 그것은 은자隱者의 호사가 아닐 수 없다. 내 방 앞에 수류화개水流花開라는 편액을 단 이유도 이런 맥락에서다. 비록 흐르는 샘물은 없지만 그 소리를 듣고 싶은 심정에서 고인古人의 시를 빌려와서 심리적으로 물을 끌어들인 것이다.

누가 바라보거나 살펴 주지 않아도 봄이 되면 물 흐르고 꽃이 피고 진다. 이렇게 자연의 질서는 성실하고 정직하다. 이런 삶을 실천하며 하루하루를 지내고 싶다.

# 정성과 간절함이
# 기도의 본질이다

　며칠 장맛비가 내리고 나더니 앞뜰의 상사화가 고개를 내밀었다. 지난봄 잎이 피었다가 다시 시들어 흔적도 없던 그 자리에 때가 되니까 자신의 신비를 드러낸다. 누가 관심 주지 않아도 자기 할 일을 다하는 말 없는 성실을 꽃들에게서 거듭 배운다. 우리들 생애 전반에서 반칙 없는 이런 성실이 받쳐 주어야 아집에 빠지거나 타성에 녹슬지 않을 것이다.

　칠석날에 뜻밖의 손님들이 많이 방문하였다. 대중 앞에서 왜

칠석날에 법회를 하는 것인가를 설명한 적이 있는데 이번 기회에 다시 정리할까 한다. 우리 조상들이 칠석날에 견우와 직녀를 등장시킨 것은 그 나름의 이유가 있다고 여겨진다. 견우는 소 먹이는 일을 하니까 농사를 상징하므로 '먹는 것'을 의미한다. 그리고 직녀는 베 짜는 일이 하루의 일과이므로 '입는 것'을 의미하는 것이다.

또한 두 사람은 각각 견우성과 직녀성에서 서로를 그리워하며 살아가는데 이것은 '잠자는 집'을 상징한다. 그렇다면 견우와 직녀가 의미하는 것은 '의식주'라고 말할 수 있겠다.

우리가 살아가는 일에는 이처럼 '먹고, 입고, 잠자는 것'이 대단히 중요하다. 이것이 어느 정도 충족되어야 행복 지수도 높아지는 것이므로 이 부분은 결코 소홀히 할 수 없다. 이 의식주를 해결하기 위해서는 남녀 모두 근면하고 성실해야 행복한 가정을 이룰 수 있다는 뜻도 된다. 그런데 단순히 의식주만 해결된다고 해서 잘 사는 인생일까? 잘 산다는 것은 물질적인 충족만은 아닐 것이다. 따라서 어떻게 살아야 하는 것인가에 대한 해답이 견우와 직녀의 사랑 이야기 속에 숨어 있다.

견우와 직녀는 서로 사랑하는 사이이기 때문에 '살아가는 일'

을 의미한다. 두 사람은 겨우 일 년에 한 번 만나는 애절한 사연들의 주인공. 이것은 무엇을 뜻하는 것일까? 따져 물을 것도 없이 살아가는 일에 있어서는 이러한 간절함이 필요하다는 것을 강조하기 위해서다. 즉, 의식주 생활을 하는 데는 반드시 애틋한 사랑이 구비되어야 한다는 것이다.

우리 인생에서 간절함이 사라지면 삶의 목적이나 의미도 상실되는 경우가 많다. 지금 자신이 받아들이고 있는 일에 대하여 얼마나 간절한지를 점검해 봐야 한다.

이것은 사람의 관계도 마찬가지. 현재의 배우자에게 얼마나 간절한 마음이 있는지 살펴보아야 지금의 인연이 보다 더 소중하게 느껴질 것이다. 몇 날 며칠을 떨어져 있어도 상대방의 안부가 궁금하지 않거나 그리움이 없다면 그 사이에는 간절함이 사라진 시점이다.

어느 스님이 그랬다. 내가 나에게 두려운 것은 삶에 대한 답이 틀리는 것이 아니라 삶의 화두가 사라지는 것이라고. 여기에서 말하는 삶의 화두는 인생에 대한 질문이다. 자기 물음이 없거나 반성이 없는 인생은 살아도 죽어 있는 것이나 마찬가지. 그래서 우리는 현재의 관계를 물어볼 때 간절함의 점수도 측정해 봐야 하는 것이다.

거듭 말하지만 간절함이 사라진 삶은 타성에 젖어서 살아가는 삶이 될 가능성이 높기 때문이다. 이런 의미에서 본다면 칠석날에 불공하는 것은 의식주의 무탈함을 기원하기 위해서 치성을 드리는 것이다. 동시에 간절한 마음으로 세상을 살아가길 서원하는 일이기도 하다.

북두칠성은 별자리의 중심이면서 밤하늘의 이정표 역할을 한다. 그래서 별자리 신앙을 통해 삶의 안녕을 기원하는 이러한 간절함을 인생의 등대와 좌표로 삼겠다는 의미도 된다.

어릴 적 어머니를 따라서 칠석날 절에 갔던 기억이 남아 있다. 어머니가 전날 밤부터 공양미를 펼쳐 놓고 잡티나 벌레들을 골라내어 깨끗한 쌀만 모아서 보자기에 싼 후 잠드시는 것을 보았다. 그리고 새벽 일찍 일어나 목욕하고 정갈한 마음으로 공양미를 머리에 이고 절을 향해 걸어가셨다. 산길에서 힘이 부치면 바위에 앉아 잠시 쉬었다 가시는데 이때도 머리에 얹은 공양미는 절대 땅에 내려놓지 않았다. 그것은 부처님께 올릴 음식을 땅에 놓으면 안 된다는 어머니의 믿음 때문이었다. 이렇게 해서 법당에 공양미를 올리고 기도하는 모습을 가까이서 지켜보았다. 지금

에야 어머니의 그 치성이 불공의 전부라는 것을 알겠다. 정성이 기도의 절반이라는 말이 있듯이 정성 그 자체가 이미 불공의 중요한 핵심인지도 모른다. 자동차를 몰고 편안하게 절에 머물다가 가는 요즘 세태에서 그 시절 우리 어머니들의 정성과 여러모로 비교를 하게 된다. 다시 말하지만 기도의 핵심은 정성이다. 이런 정성이 순수한 모성이면서 본질적인 종교성이다.

오늘 요점은 이것이다. 잘 먹고, 잘 입고, 잘 자는 것도 중요하지만 더 가치 있는 일은 '잘 사는 일'이라는 점이다. 여기에서 잘 사는 일이란 매사에 진심으로 간절해지는 것이다. 누구든 이 점을 잊지 마시길.

# 그런 친구 있습니까

올봄에 옮겨 심은 백일홍 꽃이 피어서 한여름의 풍경이 생기 있다. 그 옆의 분꽃도 제철을 만났고 비비추와 벌개미취꽃도 아름답다. 며칠 전부터는 법당 앞 배롱나무와 언덕의 무궁화 꽃이 발길을 멈추게 한다. 이렇게 여름에 피는 꽃들이 가까이 있어서 무더위를 위로받는다.

지난 주말에는 이틀 내내 청년 불자들과 맥문동 심은 화단을 정리했다. 장맛비 때문에 풀이 무성하여 꽃이 보이지 않을 정도

였는데 호미질을 하고 나니까 그 보랏빛이 선명하다. 지난봄부터 지금까지 이 화단의 풀 매는 작업을 몇 번을 했는지 모른다. 틈나는 대로 뽑아도 돌아서면 또 풀이 자라 있다.

일전에 여기를 방문한 어떤 지인이 "화단의 꽃을 보려면 최소 백 번 이상의 호미질이 필요하다"고 했는데, 그 말에 적극 동의한다. 꽃을 감상하는 입장에서는 그 과정이 보이지 않겠지만 한 송이 꽃을 돋보이게 하기 위해서는 주인의 부단한 호미질이 필요하다. 이런 점에서 주인의 땀과 정성을 살펴보고 그 노고를 알아주는 것도 방문자들의 예의다.


그저께 강릉 근처의 사찰에 갈 일이 있어서 짬을 내어 허난설헌 생가와 기념관을 둘러보고 왔다. 때마침 고택의 담장에 능소화가 활짝 피어 정겨운 풍경을 연출하고 있어서 툇마루에 앉아 여유롭게 감상하고 왔다. 그곳의 뒤뜰에는 아담하게 화단을 조성하여 다양한 꽃들이 계절마다 피고 지기를 반복하게 해 놓았는데 풀 한 포기 없이 정갈했다. 사람이 살고 있지 않는 곳이지만 마치 주인이 관리한 것 같은 인상이라서 그 공간에 머무는 시간 동안 참 흐뭇했다.

그 집의 화단과 마당은 주인의 성품을 정직하게 반영하기 마련이다. 그래서 나는 잘 정돈된 화단이나 마당을 보면서 주인의 성격을 읽어 내는 버릇이 생겼다. 특히 여름날 마당이 정갈하다면 그 집의 주인이 매일매일 호미로 마당을 가꾸었다는 것을 알 수 있다. 이에 견주어 어느 한구석이라도 풀이 있다면 적당히 게으른 사람이다. 만약, 화단 전체에 풀이 가득하다면 그 주인은 아주 많이 게으른 사람일 것이다.

이런 까닭에 여름날의 일상 절반이 풀 매는 일이다. 며칠 풀과 씨름하고 나면, 손톱 사이에 풀물이 들어서 때가 낀 것처럼 까맣다. 이럴 때는 남 앞에 손을 내밀기도 민망스럽다. 손을 씻지 않아서 생긴 때 자국으로 오해할 수 있기 때문이다. 그런데 전원주택에 살고 있는 현정 엄마가 그 비밀을 알아주어서 같이 웃었다.

영국 사람들은 '블루 핑거'라고 해서 손톱 사이에 이끼 때가 묻어 있는 것을 신사의 품격이라고 표현한단다. 그것은 그만큼 정원 가꾸는 일에 소홀하지 않았다는 증거이므로 당당한 훈장처럼 예우해 주는 것이다. 오히려 손이 부드럽고 고운 사람은 정원에 관심 없는 사람으로 여기기 때문에 이런 이들은 신사의 덕목에서는 실격일 수밖에 없다. 이러한 문화이기 때문에 영국인들은 삼

삼오오 모이면 정원을 이야기하고, 꽃을 말하기를 즐긴다. 그러니까 꽃 이름을 많이 알지 못하고 정원 가꾸기에 덤덤하면 지성인의 대열에 합류할 수 없다는 뜻이다.

우리 이웃들처럼 모이기만 하면, 남을 험담하고 뒷말하는 문화가 아니라서 참 배울 만하다. 우리도 여기저기 앉아서 꽃과 나무 이야기를 주제로 삼아서 토론하면 참 좋겠다. 직업, 연봉, 학위 이런 따위를 질문하기보다는 그 집 정원에 있는 꽃의 종류나 나무 크기에 대하여 궁금해하고 음악이나 독서 이야기를 한다면 더 좋겠다.

책을 많이 읽고 인문적인 소양을 갖춘 사람들은 촉수가 민감하다고 하네요. 그런 친구 있습니까?

이 글은 산골에서 작은 커피 가게를 운영하며 살고 있는 어느 부부가 메모해 놓은 글귀다. 자신의 주변에 이런 친구가 있는지 스스로 물어볼 일이다. 나의 인문적인 소양을 넓게 해 주고 예술적 교양을 향상시키는 친구가 있다면 그 인생은 보다 의미 있고 윤기 있을 것이다. 왜냐하면 이 세상에는 돈 벌고, 먹는 일 이외에 다양한 인생의 가치가 존재하기 때문이다. 그렇지 않아도 요즘 언론마다 '먹는 정보'만 가득해서 신물이 났는데 위의 글귀가 이 시대에 참 필요한 법문 같아서 적어 왔다.

자신이 지금 어떤 인생을 살고 있는가? 지금, 내 곁에 있는 사람, 내가 자주 가는 곳, 내가 읽는 책들이 나를 말해 준다.

# 꽃들에게
# 위로받아라

절 앞마당에 심어 놓은 가침박달나무에 새움이 트고 있다. 메마른 나뭇가지에 수액이 돌고 꽃이 핀다는 것은 실로 경이로운 일이 아닐 수 없다. 겨울 추위를 이겨 낸 생명의 기운이 그 신비를 풀어 내기 시작한 것이다. 조금 더 기다리면 우리 절에서도 가침박달이 전해 주는 그 은밀한 내면을 감상할 기회가 주어진다. 올해는 이 나무의 꽃향기가 말문을 열어 줄 차례라서 이번 봄날은 유독 설렌다.

재작년 이맘때 비구니 스님의 처소에서 얻어 와 심었는데 금년 봄에는 자리를 잡아서 생기가 넘친다. 인심 좋은 그 스님이 매년 묘목을 나누어 주었는데도 인연을 만나지 못하다가 그해 봄에 몇 그루 옮겨 와서 심었다. 초봄에 미리 밑거름까지 주었으니까 올해는 더 탐스럽게 꽃을 피울 것이다. 해마다 묘목을 키워서 이웃들에게 무료로 분양하고 있는 그 스님 은덕으로 올해는 꽃나무를 가까이서 볼 수 있게 되었다. 씨를 받아서 묘목으로 키우는 일은 번거롭고 머리 무거운 일이지만 기쁜 마음으로 전해 주는 것을 지켜보았다. 이런 나무 사랑 때문에 그이에게 분양받은 가침박달나무가 곳곳에 많다. 친목 모임에 참석하기 위해 어느 암자에 갈 기회가 있었는데 유독 내 눈을 사로잡은 꽃나무가 있었다. 가까이 가 보니 어김없는 가침박달꽃. 멋스럽게 수형을 만들어 독야청정의 느낌을 주고 있어서 제대로 관리한 주인의 안목이 느껴졌다. 그 나무의 본사本寺를 물어보니 역시 그 비구니 스님이더라.

꽃과 나무는 주인을 잘 만나야 제 몫을 다한다. 안목 있는 주인의 손길을 받는 수목들은 제자리에서 자신의 멋을 충분히 드러내지만, 관심 없는 주인과 살아가는 수목은 옹색한 자리에서 볼품없는 행색을 하고 있다. 가지가 심하게 훼손되어 본래의 기상을 잃어버린 고목古木들을 보면 측은하고 미안하다. 나무가 하늘 높이 자랄 때까지는 많은 세월이 필요하지만, 베어 내거나 잘라 버리는 것은 몇 분이면 가능한 일이다. 그런 점에서 사람의 판단에 의해 나무의 생애가 마감되는 톱질은 신중하고 또 신중해야 한다.

　여기 절은, 역사가 얼마 되지 않아서 큰 나무들이 없는 것이 늘 아쉽다. 건물은 목수의 손을 빌리면 금방 짓지만 나무는 시간을 요구하는 일이라서 식목과 조림은 빠를수록 좋다. 이런 까닭에 고사古寺에 가면 고목古木이 있어서 부럽고 탐난다. 사람은 늙을수록 볼품없어지는데 나이 들수록 값나고 품격 있는 것은 오직 나무뿐이다. 올해 탐매 여행 때 마주했던 지리산 화엄사의 역사 깊은 흑매黑梅는 몰래 옮겨 오고 싶을 정도로 욕심이 나는 명품이다.
　기회가 되어 원근의 사찰을 방문할 때마다 넉넉한 나무 그늘이 있으면 한참을 둘러보고 오곤 한다. 수많은 야생화로 장엄되어 있는 절이라도 만나면 울긋불긋 화장세계華藏世界에 앉아 있는 기분이 든다. 봄날부터 늦가을까지 사시사철 꽃이 피고 지는 정원을 지니고 산다는 것은 큰 복이 아닐 수 없다. 서산 개심사 근처의 문수사에는 일주문에서 절 마당까지 열병하듯 서 있는 왕

벚꽃 향기가 정말 일품이다. 절보다는 꽃이 좋아서 다시 방문하고 싶은 장소가 그곳이다. 이처럼 절의 역사를 지켜 주는 고목이 있어야 그곳을 일러 유서 깊은 고찰이라 할 것이다.

우리 주변에 꽃이 없고 나무가 사라지는 상상을 해 보라. 얼마나 거칠고 메마를 것인가. 이것이 나무가 있어야 할 이유이며 꽃을 가꾸는 심정이다. 꽃을 사랑하는 마음에는 평화와 생명도 같이 숨어 있는 것이다.

박노해 시인의 글에 이런 표현이 있다.

장미의 나이는 3,500만 년
오늘 아침 내 빈손에
3,500만 년을 걸어온
붉은 장미꽃 한 송이.

우리가 꽃과 나무를 본다는 것은 단순한 일이 아니다. 꽃과 나무가 지닌 역사와 사연을 함께 공유하는 것이다. 그리고 그 꽃이 전하는 생명의 신비와 맑은 기운을 느끼는 일이다. 그러므로 봄꽃의 향기는 맡는 것이 아니라 듣는 것聞香이라고 표현했다. 발길을 멈추고 그 향기가 전하는 대화를 오래도록 들을 줄 알아야 한다.

어찌 사람 사는 일이 명예를 높이고 돈 버는 것이 전부라 하겠는가. 꽃을 보고 구름을 만나고 흙을 만지는 일도 중요한 가치 가운데 하나다. 인생의 관심 전부가 오직 돈 모으는 일에만 집중되어 있다면 그 사람은 자신이 지닌 오묘한 성품을 닫고 사는 삶일 것이다. 우리 곁에 꽃과 바람이 있다는 것은 참 다행이다. 아무리 삶이 힘들어도 계절마다 그것을 통해 위로받을 수 있기 때문이다.

# 함께 아래에
# 서겠습니다

그저께 가까이 살고 있는 목사님이 직접 농사지어 수확한 복숭아를 놓고 갔다. 요즘 세상이 먹을 것이 귀한 시대는 아니지만 과일 상자에 담긴 그 노력과 정성이 고마워서 흐뭇한 마음으로 아껴 가며 먹고 있다.

내가 살고 있는 암자에 이렇게 이웃 종교인들이 가끔씩 다녀가는 것은 몇 년째 종교인들의 모임에 참여하고 있는 개인적인 인연 덕분이다. 이 모임은 절간에서 차를 마시기도 하고, 때로는 성당이나 예배당에서 식사를 하면서 격의 없는 친교를 나눈다. 올해 2014년 모임 때는 자연스레 대화의 주제가 교황 방한에 대한 관심으로 집중되었는데 교리와 상관없이 환영의 논평이었다.

내 마음도 이와 다르지 않았다. 비록 종교는 다르지만 고결한 영성을 지닌 위대한 스승을 친견할 수 있다는 것은 동시대의 사람으로서 행운이기 때문이다. 그분을 아직 대면한 적은 없으나 프란치스코 교황은 가난하고 소외된 사람들을 사랑하는 일에 눈길을 주는 것 같아서 무척 존경스럽다. 자신보다 남의 행복을 기원하는 마음을 불교에서는 보살심菩薩心이라고 말한다. 이렇게 따지자면 교황은 이웃의 아픔을 치유해 주는 우리 시대의 노련한 스승이 아닐 수 없다. 이런 까닭에 그는 사랑과 평화를 상징하는 인물이다.

이 기회에 밝혀 두고 싶은 생각이 있다. 종교는 어떤 권능을 보이거나 신통을 발휘하는 데 그 목적이 있지 않다. 나는 평소의 강론을 통해 초월과 기적을 강요하는 종교는 참다운 신앙이 아니라는 것을 지적하곤 한다. 산을 움직이고 바다를 옮기는 그런 일이 가능한 것인지는 모르지만 만약 그런 일이 있다면 그는 술사나 사기꾼에 지나지 않을 것이다. 왜냐하면 내가 알고 있는 신앙의 기적은 삶의 질서나 섭리 속에서 가능한 일이기 때문이다.

재차 말하지만 삶의 신비는 도술을 부리거나 이적을 보이는 것이 아니다. 상식과 원칙을 삶 속에서 실천할 수 있다면 그것이 영적 체험이며 수행의 깨달음일 것이다. 종교는 더 말할 것도 없이 선한 마음이 앞서야 한다. 이를테면 끝없는 사랑과 자비심으로 충만해 있어야 한다는 뜻이다. 이런 마음이 없는 종교는 그 어떤 기적도 발휘할 수 없다는 게 내 생각이다.

이 일을 계기로 프란치스코 교황에 대한 일화를 읽은 적이 있다. 그가 처음 군중 앞에 나타났을 때 특별히 마련한 연단에 오르기를 권유받자 이를 거부하면서 "나는 여기 아래에 서겠습니다"라고 했다. 소탈하고 겸손한 그의 성품이 드러나는 부분이다. 인류 역사를 장식한 위대한 스승일수록 스스로 형식과 권위를 거부하고 군중 속으로 다가가는 것을 보아 왔다. 이러한 성품을 지닌 교황을 이 땅에서 영접할 수 있다는 것은 우리 교단의 일은 아니지만 듣기만 해도 반가운 소식이다.

종교는 선한 마음으로 끝없는 자비심을 실현하는 것이다. 이런 자비심이 없는 종교는 기적의 신비를 보여 줄 수 없다고 믿고 싶다. 이웃을 위해 자비심을 실천하는 사람이 이 시대의 기적을 행하는 부처이며 보살일 것이다. 수행에는 두 가지 길이 있는데 그 하나는 지혜의 길이며, 또 하나는 자비의 길이다. 지혜가 자기 형성의 길이라면 자비는 이웃에 대한 따뜻한 관심의 길이다. 이 가운데 어느 한 가지라도 결여된다면 그것은 불교도 아니며 종교도 아니다. 교황의 지혜와 사랑이 자신의 종교 안에서만 머물지 않길 바란다.

한편으로는 교황의 방한이 출가한 사람의 입장에서는 무척 부러우면서도 속상한 심정이다. 아직도 정치적인 상황 때문에 한국 방문을 거부당하는 티베트의 법왕法王 달라이라마와 여러 가지로 비교가 되는 까닭이다. 수년째 뜻 있는 지식인들이 그의 방한을 요청하고 기대하고 있지만 성사되지 않고 있어서 안타깝다. 교황 방한이 계기가 되어 세계적인 종교 지도자 14대 달라이라마에 대한 관심과 여론이 확산되어 그분이 우리 국민과 불자들을 만날 수 있었으면 하는 바람이다.

# 금방 비 오다가
# 금방 맑아진다

 

정기 법회 날이 가까워져서 지난 주말에는 꼬박 이틀 동안 제초 작업 하는 일에 매달렸다. 밭둑과 길섶에 한아름씩 자라고 있는 여름풀을 예초기로 잘라 주었더니 금방 청소한 집처럼 깔끔하고 훤하다. 이즈음에는 망초꽃대가 쑥쑥 자라서 온통 군락을 이루고 있는데 그냥 두면 꽃씨가 바람에 날려 이웃 밭에까지 번져서 풀밭이 되기 쉽다. 그래서 초여름에 그 시기를 놓치지 말고 뽑거나 베어 주어야 풀의 번식을 잡을 수 있다.

여기 시골로 이사 오던 첫 해에 망초 꽃을 보고 싶어서 그냥 두었더니 동네 할머니가 방문하여 풀을 베어 달라고 부탁하였다. 우리 밭의 풀씨가 번져 자기 밭도 풀밭이 된다는 이유였다. 그 뒤로는 꽃은 피어서 아름답지만 잡초는 농사의 골칫거리라는 것을 알았다.

이 일을 계기로 모든 일은 나의 기준으로 보아서는 안 될 때가 더러 있다는 것을 배웠다. 한편으로는 이웃을 배려하고 타인의 입장이 되어 주는 일이 자비심이라는 생각이 들었다. 인도의 성자 간디가 적은 일기에서 "이기주의 속에 모든 문제가 있다"는 대목을 읽었던 기억이 난다. 이와 같이 자신의 안목과 시선으로 남을 이해하려면 때때로 문제가 되는 경우가 많다. 그래서 타인의 입장이 되어 보는 관점의 전환이 소통과 관용의 기본 원칙일 것이다.

법정 스님은 가장 위대한 종교는 '친절'이라는 법어를 남겼다. 재론할 여지도 없이 친절한 마음에서 타인을 이해하는 마음이 싹트게 되어 있다. 또한 인디언들에게 가장 성스러운 종교는 '감사'라고 한다. 이 감사하는 마음에서 타인을 용서하는 기량이 생겨나는 것이다. 그러므로 '친절'과 '감사'는 누구에게나 신앙이 되고 종교가 될 필요가 있다.

유대인 속담 중 "인간은 세 가지를 숨길 수 없다. 기침, 가난, 사랑이다"라는 표현처럼 자비의 마음과 사랑의 감정은 숨기지 말고 나누어야 이 지구가 맑아지고 행복해질 것이다. 사랑과 친절이 부족할 때는 내가 상대방을 이해하고 있는가를 먼저 점검해 보아야 한다. 타인을 이해하는 데는 대략 세 가지 정도가 필요하다.

첫째는 '무슨 사정이 있을 것이다'라며 생각하기. 둘째는 '나에게 잘해 주었을 때가 더 많았다'라고 최면 걸기. 셋째는 그냥 '그러려니' 하며 두고보기.

상대방이 나를 서운하게 할 때도 이 세 가지를 단계적으로 대입해 보면 어느 정도 효과가 있을 것이다. 상대방의 행동이나 생각에 개입하지 말고 바라보듯이 '그러려니' 하면 신경 쓰일 일은 그다지 없다. 내 식으로 이해하고 판단하려 하니까 상처받는 경우가 많기 때문이다. 그래서 나는 지인들에게 이 공식을 자주 써먹고 있다.

누구나 똑같이 일률적으로 사고思考하고 행동할 수는 없다. 이것은 각자의 개성이나 가치관에 따라 생활양식이 다를 수 있다는 의미. 그러므로 '다르다'와 '틀리다'의 개념을 떠올려 보아야 할 것이다. '다르다'라고 말하는 것은 긍정이며 인정하는 것이지만, '틀리다'라고 말하는 것은 부정이며 반목의 시선이 더 많다. 따라서 남의 행동이 이해 안 될 때는 나와 '다르다'고 생각해야 남의 인생을 비난하거나 욕하지 않게 된다.

바닷가의 게는 옆 걸음이 편하고 백로는 한 발로 서야 편히 쉴 수 있으며, 등나무는 굽은 게 제 모습이고 대나무는 속이 비어야 제멋이다. 지렁이는 땅속이 극락이고 구더기는 똥 속이 천당일 것이다. 이와 같이 그 모두가 살아가는 방식이 따로 있는 것이 세상의 묘미다. 이렇게 전혀 틀린 삶이 아니라 각기 다른 인생을 살아간다는 이해와 배려가 필요하다.

또한 상대방이 내 뜻대로 해 주지 않거나 설령 나를 배신한다 하더라도 그를 원망하거나 헐뜯지 말아야 정신 건강에도 좋을 듯하다. 본디 세상인심은 조변석개며 조삼모사라는 것을 인정하면 어떤 상황이든 받아들일 수 있지 않을까. 특히나 세상인심은 권력이나 명예를 좇아가기 마련이므로 남의 인생에 이러쿵저러쿵 하면서 울분을 토할 것은 더욱 아니다. 비 오는 날과 맑은 날이 번갈아 오듯이 그냥 그 사람의 삶으로 인정하는 태도가 좋다. 왜냐하면 잘못되거나 틀린 인생이 아니고 나와 조금 다른 인생을 살고 있는 까닭에 그렇다.

매월당 김시습은 〈사청사우乍晴乍雨〉라는 시에서 이렇게 읊었다.


금방 개었다가 다시 비가 오고,

비 오다가 금방 개니

하늘의 뜻 이러하거늘

하물며 세상인심이라고 다르겠는가.

나를 칭찬하다가 어느 날은 나를 헐뜯고

공명功名을 욕하더니 도리어 공명을 구하더라.

꽃이 피고 지는 것을 봄이 어찌 관여하겠는가?

구름이 가고 오지만 산은 그것을 다투지 않는다.

세상 사람들에게 말하노니

이 한 가지는 기억하라.

기쁨을 잠시 가졌다한들 그 즐거움은

평생 가지지 못한다.


세상인심이 이와 같다. 오늘은 나의 편에 서 있다가도 내일은
저쪽 편에 서게 되는 게 사람의 처세다. 하루는 나를 칭찬하다가

도 다른 하루는 나를 욕하는 게 세상의 흐름이기도 하다. 오늘은 매월당의 글을 읽으면서 반대와 모순이 넘쳐나는 이 세상을 이해하는 법문으로 삼는다. 지금 뒷산에서 산비둘기가 울기 시작한다.

# 3

이만하면 행복이다

# 이만하면
# 행복이다

어제는 동료의 추모식에 다녀왔다. 가까운 사람의 죽음과 마주하면 생의 유한성을 실감하면서도 삶의 족적까지 더불어 떠올리게 된다. 새삼 삶의 가치와 무게를 어디에 둘 것인가를 헤아려 보는 것이다. 살아 있을 때 온 열정을 다 기울이고, 죽을 때 또한 열정을 전부 소진하라는 어느 선사의 말씀처럼 그 어떤 일에도 머뭇거리거나 망설이지 말고 가진 능력과 힘을 다 쏟아야 한다. 어영부영하다가 한 세월 다 허비하는 게 인생이다.

수덕사의 만공 스님은 입적을 앞두고 몸을 씻고 깨끗한 새 옷으로 갈아입었다고 한다. 그러고는 거울에 비친 자신의 모습을 보며 껄껄 웃으며 말했다.

"이제, 자네와 내가 이별할 때가 되었네. 그동안 수고했어!"

　평생 수고해 준 육체에 대한 위로와 찬사다. 삶의 소풍 길에 동행해 준 자신에 대해 감사하면서 생을 마감할 수 있다면 미련도 후회도 없을 것 같다.


　삶과 작별하는 사람이 보여 주는 그 자체가 법문이다. 이 세상에서 사라졌다 해서 질량의 변화가 있을 것이며, 다시 왔다고 해서 부피의 변화가 있을 것인가. 구름이 일어나고 사라지는 것. 그저 자연의 법칙에서는 생멸의 통로일 뿐이다. 작은 먼지 하나에 불과한 삶에 대해 너무 과한 책임을 요구하는 것도 부질없다. 너무 완벽하게 살려고 이웃과 다툴 필요도 없다. 이 세상에 올 때는 흰 구름 더불어 왔고, 다시 돌아갈 때는 밝은 달빛 따라 가는 게 인생이다. 훌훌 지나가는 바람처럼 생에 대한 애착 없이 갈 수 있다면 짧은 세상 이만 하면 행복일 것이다.

새삼스레 이즈음에서 잘 산다는 것은 무엇인가를 고민하게 된다. 나무가 그 자리를 지키듯 세상사에 중심 잃지 않으며 부끄럽지 않은 족적 남기는 일이 중요할 것이다. 가능하다면 이웃에게 보다 친절하고 다정하게 살고 싶고, 인심 잃지 않으며 인덕을 유지하는 그런 여생을 보내고 싶다.

소동파의 시에 설니홍조雪泥鴻爪라는 표현이 있다. 기러기가 눈밭에 남기는 선명한 발자국이란 뜻. 그러나 그 자취는 눈이 녹으면 없어지고 만다. 인생의 흔적도 이런 게 아닐까. 언젠가는 기억이나 역사에서 사라지는 덧없는 여로. 그렇지만 의미 있는 흔적을 남기는 게 가치 있는 일이다. 뜻 있는 일을 하면서 성실하게 살고 하늘을 우러러 한 점 부끄럼 없이 지내는 일이 참 어렵다.

중국 고사古事에 "강산이개江山易改 본성난개本性難改"라는 문장이 있는데, 틀린 말이 아니다. 강산은 바꾸기 쉽지만 본성은 고치기 힘든 것 같다. 나이 먹을수록 본성이 잇몸처럼 부드러워져야 하는데 송곳처럼 뾰족해지는 경우가 많다. 본성이 변할 때는 죽음 직전. 그래서 철든 행동을 하면 '죽을 날이 가까워졌나?'라는 반문을 하기도 하는 것이다.

소크라테스가 "너 자신을 알라" 하고 일갈했을 때 그의 친구들이 "그럼, 당신은 자신을 아느냐?"라고 되물었다. 그때 소크라테스는 "나도 모른다. 그러나 적어도 나는 나 자신을 모른다는 것은 알고 있다"라고 말했다. 자신의 부끄러움을 아는 것이 본성을 고치는 첩경이 될 수 있다. 어리석어도 어리석은 것을 모르면 구제할 방법도 없거니와 그런 삶에는 반성도 없기 때문이다.

어느 책에 보니까 사람은 다섯 가지를 잘 먹어야 한다고 하더라. 정리해 보면 이렇다.

음식을 잘 먹어야 한다. 물을 잘 먹어야 한다. 공기를 잘 먹어야 한다. 마음을 잘 먹어야 한다. 나이를 잘 먹어야 한다.

이것이 건강한 삶의 비결이기도 하지만 존경받는 삶의 길이기도 할 것이다. 이 가운데 나이를 잘 먹어야 한다는 부분이 오래 가슴에 남는다. 나이를 잘 먹는다는 것이 생각처럼 쉽지 않은 까닭도 있지만 어른이 된다는 것이 더 조심스러운 위치라서 그렇다. 중년의 나이를 넘으면 삶의 보람과 의미를 찾기보다는 존경을 받아야 한다는 말이 있다. 나는 존경은 받지 못할지언정 욕을 먹지 말아야 한다는 신념은 지니고 산다. 욕 먹지 않고 사는 일도 현명한 처세라는 생각 때문이다. 패션 디자이너 코코 샤넬은 "스무 살의 얼굴은 자연의 선물이고, 쉰 살의 얼굴은 당신의 공적이다"라는 명언을 남겼다. 그렇다면 중년 이후의 얼굴은 그 사람 인생에 대한 결과라 할 수 있을 것이므로 나이를 잘 먹는다는 것은 정말로 어려운 것이다.

나이와 관계없이 사람은 자신이 하고 싶은 일을 하면서 살 수 있어야 한다. 자신이 하는 일을 통해서 자신이 지닌 잠재력을 발휘하고 삶의 기쁨으로 누리면 더 좋을 것이다. 직장 일에는 정년이 있지만 인생에는 정년이 없다. 흥미와 책임감을 지니고 활동하는 한 언제나 현역이다. 인생의 정년은 탐구와 노력이 멈추는 바로 그 때다.


도반을 추모하는 시간과 마주하면서 두서없이 설명이 길어졌다. 내가 오늘 전하고 싶은 주제는 큰 업적과 칭찬보다는 지탄받거나 상처 주지 않는 인생이 더 위대한 삶이라는 것.

성철 스님이 그의 도반 향곡 선사의 영전에 바친 조사弔辭는 다음과 같다.


슬프다, 우리 종문의 도둑놈이여!
천상천하에 너 같은 놈 얼마나 되나.

이 생의 인연을 마친 뒤 손 뿌리치고 가니

동쪽으로 가서 말이 되었는가, 서쪽에 가서 소가 되었는가?


도반의 죽음을 슬퍼하는 태도가 아니라 고인의 본래면목을 다시 묻고 있다. 이를 통해 친구와의 이별을 담담하게 받아들이는 것이다. 이러한 욕은 고인에 대한 무례라기보다는 오히려 애정을 드러내는 역설적인 표현이 아닐 수 없다. 나 또한 내 생의 종착지에 이르렀을 때 다정한 친구가 있어서 눈이 번쩍 뜨이는 이러한 추모의 법어를 전해 주었으면 좋겠다. 그런 욕은 먹어도 기분이 상하기보다는 오래오래 미소 지을 것 같다.

# 이 가을,
# 그대가 생각난다

가을비가 한 차례 내리더니 계절이 더 깊어졌다. 코스모스와 구절초가 하늘하늘 자태를 뽐내고 산신각 가는 길의 국화가 저 홀로 피어 도량을 장엄하고 있다. 어느새 느티나무와 벚나무는 잎이 가벼워져서 추색으로 물드는 중이다. 여름 내내 기세등등하던 잡풀도 한 풀 꺾여 자라지 않고, 모기나 파리 등 물것들도 날갯짓이 무디어졌다.

이렇게 내 생애 또 하나의 가을이 왔다. 감성도 여느 때와 달리

투명해지고 마음도 따스해지려 한다. 새삼 이웃과 친지들에게 친절해지고 그들에게 감사의 말과 안부를 전하고 싶다. 또한 남을 흉보거나 시샘하기보다는 칭찬하고 이해하고픈 아량이 생긴다. 이것이 가을이 연주하는 깊은 선율인가 보다. 그래서 이 가을에 누군가를 용서하고 사랑하지 않으면 그것은 유죄.

러시아의 영화감독 안드레이 타르코프스키Andrei Tarkovsky는 "사랑이 없는 사람은 서서히 죽어 갈 뿐이다"라고 했다는데 사랑하지 않고 보내는 시간은 의미 없다. 계절이 멈추어 있지 않듯이 우리에게 남아 있는 시간 또한 그다지 많지 않다. 어차피 유한한 삶을 살아가는 우리들. 그렇다면 남을 미워하고 비난하며 보내기에는 지금, 주어진 시간이 아깝고 소중하다. 이런 가을이 다가올 때마다, 사랑할 날이 얼마나 남았을까 자문하게 된다. 그 자문에 대한 대답이 가을을 맞이하는 나름의 이유가 될 것이다.


며칠 전 인근의 미술관 행사에 참여했다가 작품 하나를 가져왔다. 미술관 측에서 기획한 특별 행사의 일환으로 잠시 빌려 준 것인데, 이 작품을 내 공간에 걸어 놓고 하루에 3초의 관심을 주어야 한다. 단순히 그림에 대한 관심이 아니라 대상에 대한 관심을 확장하는 일이라서 그 행사의 취지에 선뜻 동의했다. 하루의 시간 동안 우리는 수많은 대상과 마주하지만 관심을 두지 않으면 그 만남은 스쳐 지나가는 무연無緣한 일이 된다. 그렇지만 단 몇 초의 관심을 기울이면 격려와 정을 나눌 수 있다.

꽃과 구름에게도 눈길을 주는 순간 이름이 궁금한 친구가 될 수 있다. 그러니까 관심과 무관심의 차이는 '3초'가 결정해 주는 것이나 다름없다. 그 관심이 이웃으로 전해진다면 배려하고 양보하는 사회가 될 수 있을 것이다. 스스로 생을 마감한 친지에게 잠깐의 관심을 보여 주었더라면 그 사람은 그런 최악의 결정을 취소했을지도 모른다. 그것은 따스한 손길을 외면한 무관심의 결과다. 이런 까닭에 하루 3초의 관심은 결국 3분의 관심으로 이어질 수 있으므로 나와 이웃을 행복하게 만들어 주는 시간이다. 여러분들도 이웃에게 3초의 관심을 주어 보라. 사람이 아니어도 바람이나 달빛에 관심을 주는 동안은 삶의 온도에 변화가 올 것이다.

그 미술관에서 내 눈길을 끈 것은 '삶의 무게'라는 주제의 그림이다. 작가는 저울 위에 다양한 오브제를 올려놓고 그 무게를 보여 주고 있었다. 그러나 저울에 표시되는 무게는 생의 상황마다 다를 것이다. 예를 들어, 백 송이의 꽃이라도 사랑하는 연인에게 받으면 가벼울 테지만 한 송이의 꽃이라도 누군가의 죽음을 애도 하는 것이라면 아주 무거울 것이다. 이렇게 삶의 무게는 사람마다 다르게 표시되고 다른 느낌으로 다가올 수 있다.

그 작품과 마주하고 나서 '삶의 무게를 어떻게 가볍게 할 것인 가' 하는 문제가 화두가 되었다. 요 며칠 뒷산의 밤나무 숲에서 알밤 줍는 재미가 쏠쏠했다. 공양주 보살은 아침 공양이 끝나면 숲으로 들어갔다가 밤과 도토리를 한 바구니 주워 오는 재미에 이 가을이 즐겁다. 어제는 주렁주렁 열매를 달고 있는 늙은 감나 무에서 홍시를 따서 방문객들에게 나누어 주었다. 이 모두가 가 을이 주는 선물이며 정취다. 왜 밤과 감나무 이야기를 꺼냈는가 하면, 이 두 가지 일을 통해 고민하던 화두가 풀어졌기 때문이다.

삶의 무게를 가볍게 하는 비결은 받아들이는 것과 내려놓는 일 이다. 가을의 과실은 계절의 변화와 열망을 수용했기 때문에 가능 했을 것이며, 만약 나무에 집착했더라면 새로운 창조가 되지 못 했을 것이다. 잎이 가지에 미련을 두지 않으므로 홀가분하게 가 벼워질 수 있듯이 삶의 태도 또한 그렇다. 이미 다가온 현재의 상황을 인정하고 받아들일 때 인생의 숙제는 술술 풀어질 수 있다. 그리고 뜻대로 안 되는 일은 욕심이라고 생각하고 내려놓는 일도 필요하다. 지나친 탐욕이 결국 삶의 어깨를 천근만근 무겁게 하기 때문이다. 잘 풀리지 않는 문제도 세월이 지나면 저절로 해결되고, 잘 풀리는 일도 시간이 흐르면 도리어 막히는 경우가 생기는 것이 인생이라는 순리임을 잊으면 안 된다. 또한 삶의 여정에서 변화를 수용할 수 있어야 획기적인 전환점을 만날 수 있다. 그 어떤 일이든 받아들이고 내려놓을 때 삶의 무게가 가벼워진다는 법문을 이 가을에 다시 배운다.

이 가을날 그대가 생각나
홀로 거닐며 시를 읊조린다.
텅 빈 산 솔방울 떨어지는 소리에
이 밤, 그대도 잠 못 들고 있으리.

당대唐代의 전원시인으로 알려진 위응물韋應物의 글이다. 달이 높이 떠 있는 청명한 이 가을날에 그리운 사람이 있다면 삶의 무게를 위로받을 수 있을 것이다. 가을은 이처럼 사람을 차분하게 하고 여리게 만드는 어떤 마력이 있다는 생각을 자주 하게 된다. 나태주 시인은 "가을이다, 부디 아프지 말길"이라고 부탁했다. 이런 날에 주변의 지인들에게 안부 편지를 보내면서 존재하는 모든 것들을 사랑하길 바란다.

# 능상장자

남도 지역을 다녀오던 길에 전주의 귀신사歸信寺를 방문하게 되었는데 빛바랜 법당도 마음에 들었지만 돌담 주변의 감나무가 만추의 산사와 조화를 이루고 있어서 한참을 서성이다가 왔다. 잎이 다 떨어지고 빨간 감들이 주렁주렁 달려 있는 풍경은 마치 동화 속의 마을 같았다. 그곳은 늙은 감나무들이 많아서 참 기억에 남는 절.

여기 절에도 나이 먹은 감나무가 몇 그루 있어서 가을 풍경으

로는 으뜸이다. 식당 뒤편에도 있고, 산신각 뒤란에도 있고, 주차
장 계단 길에도 서 있다. 처음 절터를 구할 때 이런 감나무들이
있어서 첫눈에 들었던 기억이 난다. 감나무를 보면 누구나 고향
집 마당을 떠올리기 때문에 그만큼 정감 있는 그림이 되는 것 같
다. 그래서 지금의 터에 건물을 지을 때도 감나무는 베어 내지 않
고 그 정경을 고스란히 보존했던 덕분에 지금은 더 운치 있는 사
찰이 되어 가고 있다.

요즘은 홍시 따먹는 재미가 일상의 쏠쏠한 행복이다. 긴 장대
를 가지고 잘 익은 홍시를 따서 오는 손님에게 나누어 주면 맛
나게 시식을 한다. 생활이 어려울 때는 감을 많이 따먹기도 했지
만 요즘은 그것도 귀한 장면이 된 시절이라서 홍시 따서 먹어 보
는 별미도 오래 남는 추억이다. 그 자리에서 바로 맛보는 홍시는
돈 주고 사 먹는 것보다 몇 배 달콤하다. 무엇보다 홍시는 효심
의 상징이다. 치아 무디어진 노모에겐 홍시는 먹기에 아주 부드
럽고 적당할 것이다. 그래서 우리 절 다녀가시는 노老불자들에게
인기 있는 과일이다.

일본 동경대학 출신으로 영문학을 전공했던 나쓰메 소세키夏目

159

漱石는 하이쿠에 탁월한 재능을 발휘한 인물이다. 이 사람이 남긴 하이쿠는 아주 유명하다.

홍시여!
이 사실을 잊지 말게.
너도 젊었을 때는 무척 떫었다는 걸.

홍시가 처음부터 붉은 것이 아니었을 것이고 저절로 단맛이 된 것도 아니었을 것이다. 많은 시간 동안 천둥과 비바람을 견딘 후 햇살에 익었다는 사실이다. 장마철이 되면 무른 감들은 저 혼자 툭 떨어지기도 했고, 또 태풍이 불면 튼실하지 못한 감은 떨어지는 것을 보았다. 그러니까 홍시는 익기까지 몇 번의 고비를 이겨낸 소중한 열매라는 것을 잊어서는 안 된다는 의미이다.

떫은맛이 푹 익으면 비로소 단맛으로 승화되는 이치를 배운다. 우리 인생도 고난과 역경을 받아들일 때 삶의 맛이 달라질 수 있겠다. 지금의 우리 인생이 그냥 영글고 익은 것이 아니다. 희로애락의 과정을 통해 삶의 사연들이 더욱 풍성해지고 단단해졌을 것이다.

이웃 절의 주지 스님 방에 갔더니 홍시를 주제로 그린 동양화 한 점이 걸려 있었다. 그 그림의 화제畵題로 능상장자凌霜長者라고 써 놓았는데 그 뜻이 참으로 오묘했다. 업신여길 능凌, 서리 상霜, 여기다가 장자長者라고 썼으니 홍시를 인격적으로 높여서 부르는 말이겠다. 첫눈이 내려도 그것을 업신여기듯 의연하게 가지에 달려 있으니 그렇게 불러도 무방할 것 같다. 초겨울 삭풍 속에서도 감나무 끝에 주렁주렁 달려 있는 홍시를 보면 그런 칭송을 받아도 마땅할 것이라는 생각이 들었다.

감나무를 다른 말로 칠덕수七德樹라고 한다. 일곱 가지의 덕을 지니고 있어서 붙여진 이름인데 우리에게 무척 이로운 역할을 하는 나무이다. 감나무를 가까이서 지켜보니 다음의 일곱 가지가 결코 틀린 말은 아니더라.

첫째, 수명이 길다. 둘째, 녹음이 짙다. 셋째, 아름다운 단풍이 든다. 넷째, 맛있는 열매가 있다. 다섯째, 낙엽은 거름이 된다. 여섯째, 날짐승이 둥지를 틀지 않는다. 일곱째, 벌레가 생기기 않는다.

그리고 보니 감나무에 새집을 짓는 것을 잘 보지 못했다. 이렇게 따지고 보니 하나도 버릴 게 없는 것이 감나무다. 곶감도 만들

수 있고 감잎차도 만들 수 있으니까 우리 식생활에 꼭 필요한 과실수가 아닐 수 없다. 옛 어른들이 장독대 근처나 앞마당에 감나무 한 그루씩 심은 뜻이 여기에 있을 것이다.

일찍이 잘 익은 감을 표현할 때 "색승금옥의色勝金玉衣 감분옥액청甘分玉液淸"이라 말했다. 감나무의 색은 금빛 나는 옷보다 더 아름답고, 그 맛은 맑은 옥액에 단맛을 더한 것같이 유별나다는 뜻이니까 과실에 주는 찬사에 이보다 더한 것이 없을 듯싶다. 티베트에서는 감을 '신두아마'라 한다는데, 과일의 어머니라는 뜻. 그만큼 유용한 열매라는 의미로 받아들이고 싶다.


홍시를 먹을 때쯤이면 고향의 어머니가 그립다. 내 어릴 때, 어머니가 감을 따서 항아리에 담아 두었다가 꺼내 주시던 홍시가 생각난다. 그것도 귀하던 시절이라서 가끔 말 잘 들을 때 별미로 주시곤 하셨는데, 하루는 어머니 몰래 홍시 열 개를 꺼내 먹고서는 변비가 생겨 고생했던 기억이 지금도 생생하다.

감을 한문으로 시柿라고 부른다. 이곳 마야사의 이웃 마을이 시동리柿東里이다. 처음에는 운전면허 시험장이 있어서 부릉부릉 자동차 시동을 걸기 때문에 '시동'인 줄 알았더니 알고 보니 감을 뜻하는 시榊 자였다. 그러니까 '감나무가 있는 동쪽 마을'이라는 뜻을 지닌 지명인 것이다. 지금도 동네 이름이 '큰 감골', '작은 감골'이라 불리고 있으니 예전에는 감나무가 아주 많았던 동네였던 것 같다.

우리 절 감나무에 낮게 달린 홍시는 이미 따먹었고 높이 달린 홍시는 까치밥으로 남겨 두었다. 숲속에 사는 새들이 날아와서 쪼아 먹는 것도 이 가을의 잔잔한 풍경화다.

# 사람에겐
# 얼마만큼의 땅이 필요한가


톨스토이 단편집에 다음과 같은 이야기가 전한다.

한 농부가 있었는데, 그는 유난히 땅에 대한 욕심이 많았다. 그는 가난한 소작농으로 시작하여 자기 땅을 조금씩 마련하게 된다. 땅을 얻기 위해서는 먼 길을 마다하지 않고 이사를 하고 돈을 모아 사기도 했다. 그렇게 땅을 계속 넓혀 가던 그는, 어느 날 한 마을의 촌장으로부터 파격적인 제안을 받게 된다. 다른 데서 밭 한두 마지기 살 수 있는 아주 적은 양의 돈만 내면, 하루 동안 걸어서 표시할 수 있는 모든 땅을 자신에게 주겠다는 제안을 받은 것이다. 그러니까 넓이와 관계없이 걸어가서 줄만 그으면 모두 자신의 땅이 되는 것이었다.

다만, 반드시 해가 떨어지기 전에 자신이 출발했던 원래 위치로 돌아와야 한다는 조건이 붙었다. 농부는 촌장의 제안을 흔쾌히 받아들이고 아침 해가 뜨는 것을 기다려서 출발했다. 농부는 되도록 많은 땅을 가지기 위해 중간에 쉬지도 않고 끼니도 먹지 않고 달렸다. 그리고 죽을 고생을 한 후에 아슬아슬하게 해가 지기 전에 많은 땅을 확보하고 돌아오는 데 성공한다. 그리고 촌장으로부터 "당신은 이제 많은 땅을 가지게 되었습니다. 축하합니다" 하는 말을 듣는 순간, 그 농부는 그 자리에서 피를 토하고 쓰러져 버린다. 그리하여 그는 2미터도 채 안 되는 무덤에 묻히게 되었다. 결국 그가 지니게 된 땅은 겨우 무덤 하나 크기의 넓이였다.

이 줄거리는 〈사람에겐 얼마만큼의 땅이 필요한가〉라는 제목으로 알려진 단편소설이다. 여기 소설 속의 주인공은 아주 많은 땅을 차지하기 위해 너무 멀리 갔다가 결국 체력이 소진되어 그 땅을 차지하기도 전에 죽고 말았던 것이다. 여기에서 우리가 배울 수 있는 교훈은 그 아무리 많은 재산이 형성되더라도 인간의 욕망을 다 채울 수 없을 뿐더러 마지막에는 무덤 하나 정도의 땅밖에 차지할 수 없다는 것이다. 우리는 세상을 살아가면서 많은 재산을 생각하고 그것을 향해 노력한다. 물론, 재물은 우리에게 무척 중요하지만 분수에 넘치는 욕심을 부리면 문제가 생긴다는 것. 우리는 "돈을 많이 벌고 나면 그때는 정말 재미있게, 멋지게 살 거야"라고 말하기도 한다. 그러나 그렇게 돈을 벌고 나면 우리의 청춘은 이미 다 가 버리거나 건강을 잃게 되는 게 세상 이치다. 그러므로 보다 다양한 가치에 목적을 두고 살아야 한다. 또한 지니고 있는 것만큼 행복할 수 없다는 것도 알아야 할 것이다.

사람이 살아가는 데는 얼마만큼의 재물이 필요할까? 개인이 쓸 수 있는 것은 한도가 있을 것이다. 그렇다면 그 밖의 것은 개인의 소유가 아니라 인류와 함께 누려야 할 세상의 공유물일지도 모른다. 사람에게는 무엇이 필요하고, 무엇이 불필요한 것인지, 그것을 가려 볼 줄 알아야 한다. 이것은 어디에 삶의 가치를 두고 살아야 하는 것인가를 묻는 것이다.

아이들을 불행하게 만드는 가장 확실한 방법은 언제든지, 무엇이든지 마음먹은 대로 곧바로 손에 넣을 수 있도록 해 주는 일이라는 말이 있다. 문제는 무엇이든지 마음대로 손에 넣기만 하면 과연 행복한가이다. 우리가 바라는 행복은 결코 차지하고 소유하는 데에만 있지 않다는 자각이 필요하다. 왜냐하면 행복의 척도는 필요한 것을 얼마나 많이 가지고 있느냐에 있지 않고 불필요한 것으로부터 얼마만큼 자유로워졌느냐에 있는 까닭이다.

남보다 적게 가지고 있으면서도 삶의 기쁨과 순수성을 잃지 않고 자기 자신다운 삶을 조촐하게 살아가고 있는 사람이야말로 소소한 행복을 아는 사람일 것이다. 나는 지금까지 무성하게 자라는 꽃이나 잡초들이 스스로 보잘것없다고 말하면서 자살하는 것을 본 적이 없다. 그것에 비교하면 우리는 너무 많은 것을 지니고 있어서 복잡하고 골치 아파서 더 불행한 것인지도 모를 일.

사람이 어디 천년만년 살 수 있는 그런 존재이던가? 그렇기 때문에 유한한 삶 속에서 많은 것을 차지하려고 애쓰는 것은 저 톨스토이의 소설 속에 등장하는 농부와 다를 바 없다. 한 번뿐인 자신의 삶을 남과 견주거나 재산 모으는 일에 온통 다 사용해 버린다면 그 삶은 허탈하고 의미 없을 것이다.

불일암의 법정 스님은 '당신은 얼마만큼이면 만족할 수 있는

가'에 대한 답을 이렇게 정리하셨다.

가을 나무에서 잎이 떨어지듯이, 자신의 인생에서 나이가 하나씩 떨어져 간다는 사실을 아는가? 적게 가지고도 얼마든지 잘 살 수 있다. 자신이 서 있는 자리를 내려다보라.

내 인생에서 나이가 하나씩 떨어져 간다는 사실을 알아차린다면 돈 모으는 일에 기를 쓰고 시간을 허비하지는 않을 것이다. 이와 같이 때로는 단순해질 때 행복 지수가 높아질 수 있다. 지금, 자신에게 필요한 것이 무엇인가를 계산하지 말고, 불필요한 것으로부터 얼마나 자유로워져 있느냐를 물어봐야 옳다. 우리는 반드시 필요한 것이 아닌데도 습관적으로 남과 비교하면서 소유하게 되는 경우가 많기 때문이다.

# 가을이
# 더 바쁘다

오늘 오후에는 방문객이 없어서 미루어 둔 일을 실행했다. 여름 한철 피었다가 진 비비추 꽃대를 잘라 치우고, 뒤이어 마당에 가득 피었던 백일홍도 뽑아다가 뒤뜰에 쌓았다. 아직 꽃이 남아 있어서 망설여지기도 했지만 철 지난 꽃이라서 과감히 정리해 주었더니 앞뜰이 훤해졌다. 또 무더기로 자리 잡은 코스모스 꽃대를 낫으로 베고 구절초도 싹둑 잘라 주었다. 이 일이 간단한 것 같지만 혼자서 하는 작업이라서 반나절이 지나서야 끝났다.

해인사 원당암에 주석하셨던 혜암 큰스님은 화단 가꾸기를 좋아하셨는데 이 어른도 꽃이 지고 나면 미련 없이 꽃대를 잘라 내곤 했다. 그래서 암자의 화단은 늘 새로 피는 꽃으로 가득했다. 나 또한 지는 꽃은 미련 없이 정리해 주고, 꽃망울이 터지는 꽃송이를 더 돋보이게 해 주는 편이다. 피는 꽃보다 지는 꽃이 더 아름다울 수 없는 법이니까 어찌 보면 당연한 순리인지도 모른다. 꺾이는 꽃일지라도 한때는 농염한 자태를 뽐내면서 절정으로 피던 시절이 있었으니 억울할 일은 없겠다 싶어서 '미안하다'는 말을 건네고 잘라 준다.

조선 선비의 덕목 중에도 "나무 심을 줄 모르면 군자가 아니다"라고 했단다. 따라시 정원에는 사군자를 심고 선비 정신의 표상으로 삼기도 했지만 격조 있는 문학과 예술적 소양으로 승화시킨 배경에는 꽃과 나무가 있었다는 사실이다.

이런 까닭으로 화단을 보면 그 주인의 안목이나 손길을 들여다볼 수 있다. 지금 우리 절은 소국小菊이 그 때를 만나 한창이다. 늦가을까지 남아 있는 꽃은 오직 국화뿐이다. 매형국제梅兄菊第라는 고사처럼 가장 늦게 피는 국화는 꽃 중의 막내다. 다른 꽃은 찬 서리 맞으면 그 청초함이 꺾이고 말지만 국화는 고결한 그 뜻을 유지한다. 이런 특징 때문에 일찍이 국화를 오상고절傲霜孤節이라고 불렀다.

국화야 너는 어이 삼월 춘풍 다 지내고
낙목한천落木寒天에 네 홀로 피었는고.
아마도 오상고절은
너뿐인가 하노라.

조선의 문인 이정보李鼎輔의 시조로서, 후인에게 널리 알려진 문장이다. 이런 늦가을에 국화가 없다면 겨울 풍경처럼 삭막했을 것이라 생각해 보면 국화는 고마운 벗이 아닐 수 없다.

그저께는 내암리의 이웃 절에 다녀왔는데 그 암자에도 때마침 국화 만발이어서 그 정취에 빠져 몇 시간을 서성이다가 돌아왔다. 이즈음에는 어느 처소이든 국화가 피어야 제격이다. 은자隱者의 거처에는 국화 길이 있어야 기품 있는 삶이라고 배웠다. 그래서 국향菊香 곁에 서 있을 때마다 국화 길을 더 조성해야겠다는 생각이 든다. 이상하게 나이 들수록 다른 욕심은 가벼워지는데 꽃과 나무 욕심은 줄어들지 않는다.

일전에 교토의 사찰을 다녀오고 난 뒤 이런 욕심이 더 불어난 것 같아서 걱정이다. 일본 사찰의 정원은 치밀하게 계산된 조영造營이라서 빈틈과 군더더기가 없었다. 돌과 나무의 조화도 일품이지만 오래된 나무의 가치를 인식하고 보호하는 그들의 전통이 부러웠다.

사찰마다 몇 백 년의 나이를 간직한 고목이 있었고 다양한 수종이 조화를 이루고 있는 것에 거듭 감탄할 수밖에 없었다. 한마디로 건물보다 정원에 더 많은 면적을 할애하고 있어서 마치 공원 같다는 느낌이 들었다. 이러한 신천지를 견학하고 왔으니, 꽃과 나무 욕심이 나는 건 당연지사.

일본을 다녀올 때마다 나는 몇 날 며칠을 주변 정리하는 일로 시간을 보낸다. 일본 사찰과 너무 비교되기 때문이기도 하지만 일거리가 눈에 들어오는 탓도 있다. 오늘의 작업도 이와 무관하지 않다. 지난 주말에 비바람이 지나간 뒤 마당이 낙엽으로 엉망이 되었는데 이틀 동안 치우고 쓸고 나니 한적한 늦가을의 분위기가 더 난다. 절이건 집이건 부지런한 손길만큼 정리 정돈이 잘되기 마련이다. 뒤란에 떨어진 밤송이도 치울 일이 남았고, 화분들도 들여 놓아야 하고, 여름에 사용했던 농기구들도 제자리에 놓아야 하는 등 아직 밀린 숙제가 여러 개다. 추승구족秋僧九足이라더니 가을에 더 바쁘고 할 일이 더 많다.

# 열반불사

어느 선사가 임종을 앞두고 제자에게 물었다.

"앉아서 죽은 사람이 있는가?"

"서서 간 사람이 있는가?"

제자가 그렇게 죽은 이들이 이미 많다고 대답했다.

그러자 선사는 "나는 이렇게 죽어야겠다" 하며 일곱 걸음을 뚜 벅뚜벅 걸은 후 숨을 거두었다.

당대唐代의 인물이었던 지한志閑 선사의 열반상을 보인 내용이다. 나는 성자들의 마지막 순간을 접할 때마다 부럽기도 하지만 두렵기도 하다. 왜냐하면 내 경우는 죽음을 자유자재로 연출할 자신감이 없는 까닭이다. 수행자는 죽음을 맞이할 때 생애의 비밀이 고스란히 드러난다. 철저한 수행을 거친 이는 죽음 앞에서 망설이거나 초조해하지 않을 것이기에 그 순간 평생 공부의 진면목이 공개될 수밖에 없는 것이다. 그래서 먼저 간 선배들이 존경스럽고 부럽지만, 내 순서가 되면 그토록 당당할 수 없어서 긴장되고 두렵다.

일전에 팔공산 은해사에서 엄수된 어느 스님의 다비식에 다녀왔다. 살아 있는 국화로 자신의 법구法柩를 장엄하지 말라는 유훈에 따라 지화紙花가 고인의 빈소를 지키고 있었다. 칠십여 년의 생애가 연기 속으로 사라지는 모습을 마주하고 하산하면서 내 인생의 마지막 장면을 떠올렸다. 나는 어떤 열반불사涅槃佛事를 보여 줄 수 있을까 하는 대목에서는 침묵을 지킬 수밖에 없었다.

효봉 스님의 일대기에서는 열반을 "장엄한 낙조"라고 표현했으며, 성철 스님은 열반송에서 "둥근 한 수레바퀴 붉음을 내뿜으며 푸른 산에 걸렸도다"라며 당신이 떠나는 순간을 아름다운 낙조에 비유했다. 적어도 자신을 속이지 않는 삶을 살았을 때에야 마지막 순간의 그 모습이 거룩한 불사가 될 수 있는 것이다. 어영부영하다가는 마지막을 준비할 새도 없이 저승사자와 면담할지도 모른다.

내가 살고 있는 동네 근처에 천주교 묘지가 있는데 가끔 산책 삼아서 다녀온다. 그곳을 돌아 나올 때마다 정문 뒷면에 적어 놓은 글귀를 읽게 되는데 매번 숙연해진다. 그 글귀는 '오늘은 내 차례, 내일은 네 차례'다. 무덤의 주인공은 먼저 간 사람이고, 살아 있는 우리들은 그 뒤를 따를 사람들. 결과적으로는 앞서거니 뒤서거니 하면서 그 길을 걸어가야 한다는 사실이다. 그러니까 평생 죽지 않고 살 것처럼 착각하지 말 것이며, 숨 쉬고 있을 때 시간 낭비 말고 뜻 있는 인생을 살아 달라는 그들의 부탁인 것이다. 나는 이 글귀를 대할 때마다 오늘이 마지막인 것처럼 스물네 시간을 아껴 가며 살고 싶다.

내 나이 지천명을 넘기면서 유언을 미리 정리해 두었다. 장례식은 따로 치르지 말고 다비茶毘만 할 것이며, 유골은 벚나무 아래 뿌릴 것, 절의 나무를 자르지 말 것…. 이런 식으로 죽음을 슬퍼할 지인들에게 남길 말을 작성해 놓았다. 그리고 유골 뿌린 나무 아래에 작은 표석을 하나 세워서 "비구比丘 현진 머물다 간 곳"이라고 적어 줄 것을 당부했다. 한때 나는 묘비명 문구를 "살아 보니 별거 아니더라!"라고 메모해 두었는데 이것 또한 후인이 기억해 주면 좋을 일이지만 새겨 주지 않아도 서운할 일은 아니다.

이렇게 작정하고 쓴 계기는, 2010년 존경하던 법정 스님이 돌아가시고 그분의 유훈에 따라 장례 절차를 소박하게 진행하는 것을 보고 귀감으로 삼았던 까닭이다. 장례식이 아무리 거창하고 화려하더라도 그것은 망자에게 의미 없는 일이다. 그저 살아 있는 자들의 요식일 뿐이라는 생각이다. 근래에 수행자들의 장례 비용이 어마어마하게 소요되는 것도 간소한 장례를 지키지 않기 때문이다.


《직지심체요절》을 저술한 백운白雲 화상 또한 임종을 앞두고 "화장한 후 재를 만들어 사방에 뿌릴지언정 시주자의 땅을 범하지 말라"고 부촉했다. 그 시대의 손꼽히는 선사였음에도 땅 한 평이라도 자신을 위해 사용하지 말 것을 하명했는데 내가 그보다 더 뛰어날 수 없으니 반 평의 땅도 아깝다. 그러므로 재를 만들어 나무 그늘에 뿌려 주면 여한이 없는 것이다.

최후의 순간은 그 사람의 평소 생각과 행동에 대한 결정체다. 이렇게 따진다면 '평생 어떻게 살았는가?'에 대한 대답이 '어떤 모습으로 죽는가?'이다. 이런 점에서 호탕하게 최후의 말을 남기고 일곱 걸음으로 생을 마감했던 지한 선사의 열반불사를 내 생애 마지막 장면으로 옮겨 오고 싶다.

# 가을 편지

아침저녁으로 바람이 맑아졌다. 새벽 창문을 열면 가을 향기가 바람결에 실려 온다. 공기의 질감이 달라졌다고 해야 하나…. 하늘도 자꾸만 높아지고, 푸르던 잎들도 하나둘 물들어 가고 있다. 우리 절 뒷산의 밤송이가 한껏 벌어져서 바람이 불 때마다 한 주먹씩 떨어진다. 절 식구들은 공양 시간이 지나면 밤 줍는 재미가 쏠쏠한지 숲속으로 사라지고 보이지 않을 때가 많다.

오늘 아침에는 코스모스가 한가득 피어 있는 마당 풍경이 평화로워서 사진을 찍어 지인들에게 전송했다. 며칠 전 꽃 가게에 들러 국화 화분을 몇 개 사왔는데 이제야 꽃망울이 툭툭 터지고 있다.

산책길에 벌개미취꽃을 꺾어 와서 화병에 꽂았더니 방 안 풍경이 그윽해졌다. 또한 여름 내내 자주 들었던 명상 음악도 피아노와 바이올린 선율로 바꾸고 나니 한결 마음이 차분해지는 느낌이다.

여러분들은 가을을 어떻게 맞이하고 있는지 궁금하다. 가을은 이렇게 성큼 다가왔는데 마중할 채비를 하지 못했다면 그것 또한 계절에 대한 예의는 아닐 것이다. 여름은 겸허하게 배웅하고, 가을은 친절하게 마중하는 자세가 필요하다. 그것이 우리 삶의 순서이며 과정이기 때문이다.

이런 계절의 변화와 마주하고 있으면 세상일에는 그 때가 있다는 생각을 다시 하게 된다. 세상일은 그 때를 통해 매듭이 정해지고 그 매듭으로 인해 성숙하게 된다는 사실. 그때그때의 변화를 통해 안으로 여물게 되고 보다 단단해진다. 이러하므로 바쁘다는 이유로 계절의 변화에 둔감하다면 자기 자신의 변화로 이끌 수 없다. 우리 인생에서는 어떤 변화가 없으면 삶의 리듬이 느슨해져서 일상의 탄력이 떨어진다.

가을과 마주하게 되는 이때쯤이면 새삼 행복의 문제를 떠올린다. 플라톤이 말한 행복의 조건은 이렇다.

먹고살고 입기에 조금 부족한 재산.
모든 사람이 칭찬하기에 약간 부족한 외모.
자신이 생각하는 것의 반밖에 인정받지 못하는 명예.
한 사람에겐 이겨도 두 사람에겐 질 정도의 체력.
연설했을 때 듣는 사람의 반 정도만 박수치는 말솜씨.

이렇게 따진다면 우리 모두는 행복해질 수 있다. 행복의 조건은 결코 거창하지 않다는 것을 알게 된다. 욕심내고 만족하지 못하니까 불행의 연속이라는 가르침일 것이다. 반대로 행복의 비결은 조금 부족하고 조금 못나게 살면 된다는 설명이기도 하다. 남보다 잘나고 앞서가려고만 하는 삶은 늘 불안과 초조를 동반하게 되어 있다.

그렇기 때문에 좀 뒤처지게 걷는 인생도 추천할 만하다. 좀 천천히 느리게 걸어라. 이것이 가을이 주는 법문이다.

어느 책에서 보았던 '바보의 행복론'은 이런 것이다. 바보가 되면 행복하다는 주장이었는데, 바보 체크리스트를 보면 이런 내용이 있다.

바보는 순수하다. 감정에 거짓이나 꾸밈이 없다.
바보는 과거의 일을 기억하며 누구를 미워할 줄도 모른다.
바보는 생각이 단순하고 물질적 욕심도 없다.
바보는 언제나 웃고 있다.
바보는 한번 사랑하면 그 사람만 영원히 사랑한다.
바보는 지금 현재를 즐긴다. 그래서 늘 행복하다.

이 내용을 살펴보면 우리는 바보가 되지 않아서 불행하다는 것을 또 알게 된다. 너도나도 바보보다는 영리한 사람이 되려고 하니까 요구하는 조건들이 많아지는 것인지도 모른다. 이 세상 사람들은 바보가 되기를 싫어하고 영리한 사람이 되려고 무진 애쓰고 있다. 그래서 행복은 늘 멀리 있는 대상으로 여기며 아등바등 살아가는 것이다.

"바보가 세상을 구원한다"는 말을 기억한다. 어쩌면 바보처럼 살아가는 것이 지혜롭고 행복한 삶이 될 수도 있을 것이다. 모두가 바보가 된다면 세상은 보다 평화롭고 정의로운 사회가 될지도 모르겠다. 이 가을에 바보가 되어 보면 어떨까? 왜냐하면 바보 점수가 행복 점수이기 때문이다.

92세의 생애 동안 행복한 정원을 가꾸면서 자연과 어우러진 삶을 살았던 미국의 동화 작가 타샤 튜더가 남긴 말은 이것이다.

"우리 손이 닿은 곳에 행복이 있습니다."

요 며칠 가을 상추 모종을 다시 심고 아침마다 물을 주고 있으니까 참 즐겁다. 새로 조성한 아스타꽃밭에도 눈길을 자주 돌린다. 하루가 다르게 싱싱하게 꽃을 피워 보라색이 찬연하다. 돈을 벌거나 명예를 더 높이지 않아도 이렇게 고요한 충만이 있다. 행

복은 손이 닿는 곳에 있다는 말에 새삼 동의하면서, 행복은 삶과
가장 가까이 있다는 편지를 쓴다.

# 술잔을 들고
# 달에게 묻는다

    아침저녁으로 가을의 느낌이 바람에 실려 온다. 살살 불어 주는 바람의 질감도 상쾌하고 길게 늘어졌던 햇살도 여물어진 기분이다. 가을은 이렇게 청명한 하늘과 함께 성큼 다가왔다.

    요 며칠 새 추석은 잘 보냈는지 그 안부를 지인들에게 먼저 물었다. 그러면서 동산에 두둥실 떠오른 한가위 보름달도 구경하였는지 문답한다. 요즘은 우리 절 뒷동산에 올라 달맞이를 하고 늦은 밤까지 마당에 서성이면서 달빛 정기를 호흡하는 것이 나만의 경건한 의식이다. 이렇게 달빛의 에너지를 몸으로 받아들이는 명상이 필요하다.

부산 해운대에는 달맞이고개가 있는데, 이 주변에는 달맞이길이 조성되어 있어서 파도 소리와 함께 해변에 비치는 교교한 달빛을 감상할 수 있는 명소로 알려져 있다. 그러나 달맞이 명소가 특별한 곳에만 따로 있지는 않을 것이다. 우리가 서 있는 곳이면 어느 장소든 밝고 둥근 달을 감상할 수 있기 때문이다.

경전에는 천강유수천강월千江有水千江月이라는 표현을 쓰고 있다. "천 개의 강이 있으면 천 개의 달이 뜬다"는 뜻인데, 이처럼 달은 하나일지라도 달빛은 어느 곳이든 비춘다. 우리 동네에서 보는 달이나 저 멀리 부산에서 보는 달이나 똑같은 달이다. 어디에서건 달빛을 마중할 수 있는 완벽한 장소라는 것이다. 이와 같이 부처님의 가피나 영험 또한 달빛과 같이, 온 중생들의 소원에 골고루 응답한다는 것이 "천 개의 강에 천 개의 달이 뜬다"는 법문이다.

유교 경전을 보면, 춘조월추석월春朝月秋夕月이라는 어구가 등장한다. "봄에는 새벽달이 좋고, 가을에는 저녁달이 좋다"는 말이다. 여기에서 '추석'이라는 말이 유래했다고 전하는데, 어쨌거나 가을

저녁 달빛이 더욱 정감 있게 느껴지는 것은 사실이다. 달리 표현하자면 가을은 천고마비의 계절이기도 하지만 달빛 감상하기에도 더없이 좋은 때라는 것이다.

옛 어른들은 '저 둥근 달을 내 생애에서 몇 번이나 볼 수 있을까?' 하면서 세월의 잔고殘高를 아쉬워했다고 한다. 보름마다 달은 뜨지만 비가 오거나 구름이 끼면 그 둥근 달을 볼 수 없으니 그런 한탄을 할 만했을 것이다. 만약, 인생 50년을 살았다면 추석에 뜨는 보름달을 몇 번이나 볼 수 있을까? 이렇게 따져 보면 청풍명월을 즐길 수 있는 때가 인생 호시절이라는 생각이 든다.

며칠 전에 읽었던 이백李白의 시에 이런 내용이 있어서 외워 두었다.


지금 사람은 예전 달을 보지 못하는데
지금 달은 옛사람을 비추었을 것이다.
옛사람이나 지금 사람이나 흐르는 물과 같아서
함께 나란히 달구경 하기가 어려운 것이 이와 같다.


고금의 역사에서 달을 예찬한 풍류 시인들이 많았지만 그중에서도 당나라의 이백만큼 달빛을 사랑한 이는 드물 것이다. 일설에는 그가 배를 타고 달마중을 나갔는데 강물에 비친 달이 너무 아름다워 그걸 건지려고 강물에 뛰어들었다가 그 길로 종적을 감추었다는 사연이 있을 정도니까 그가 얼마나 달을 사랑했는지 알 수 있다.

이 시는 〈술잔을 들고 달에게 묻는다把酒問月〉라는 제목의 시인데 가슴에 오래 남는 글귀가 아닐 수 없다. 사람은 가고 오지만 두둥실 뜬 달은 세월이 흘러도 그대로이다. 그래서 옛사람도 비추었고, 지금 사람도 비추었을 것이다. 그러나 옛사람은 지금 달을 볼 수 없고, 지금 사람은 그 옛날 달을 볼 수 없으니 어찌 보면 이렇게 유한한 것이 우리의 인생일지 모르겠다. 우리는 이렇게 자연 속에서 달빛과 벗하다가 갈 뿐, 유별난 인생은 아니다. 이런 시를 마주하고 있으면 욕심 하나가 툭 떨어지고 가을 하늘처럼 마음이 고요해진다.

가을은 이렇게 맑은 바람과 밝은 달이 있어서 더욱 위로가 되는 계절이므로 중추가절仲秋佳節이라 표현하는가 보다. 내가 살고 있는 절에는 달이 법당 용마루 위로 떠올라서 한밤이 되면 사방을 훤하게 비춘다. 밝기로 치자면 가을 달이 최고지만 여름 달보다 푸근하지는 않은 것 같다. 가을 달의 느낌은 차고 쓸쓸하다고 말하는 이유가 여기에 있다. 그 달빛 아래서 홀로 서성이는 즐거움도 가을밤에만 누릴 수 있는 위안이다.

어떤 선비가 달빛이 고와서 쉬이 잠들지 못하다가 십 리 밖에 있는 친구를 찾아가 보니 그 친구도 잠 못 이룬 채 달빛에 취해 있어서 둘이 함께 달빛 소풍을 하고 왔다는 이야기를 읽었다. 아무리 주변에 사람이 많아도 달밤의 정취를 함께 나눌 벗이 없다면 세상살이가 조금은 외롭고 건조해질 듯싶다.


티베트에서는 보름날을 '마니 데이'라고 부른다. 여기서 말하는 '마니'는 보석인데, 불자라면 평소에 '마니주'라는 표현을 자주 들어 보았을 것이다. 즉, '보석처럼 귀한 날'이라는 뜻이 된다. 그렇다면 왜 달 뜨는 보름날을 보석같이 귀중한 날이라고 했을까? 이날은 다른 날에 비해 만 배의 에너지가 상승하는 날이라고 한다. 그래서 보름날 악업을 지으면 그 과보가 만 배에 이른다는 것. 그러나 이와 반대로 보름날에 공덕을 닦으면 그 복을 만 배로 받는다고 믿는다. 이렇게 따져 보면 보름날은 당연히 복을 쌓아야 하는 날이 된다. 이런 교리 때문에 티베트나 남방불교에서는 보름날에 절에 가서 불공을 하고 봉사를 하는 전통이 있는 것이다.

모두들 보름날 낮에는 절에 가서 공덕 짓다가, 밤이 되면 자신의 집으로 돌아와 달맞이를 하면서 달빛 데이트를 즐기면 어떨까.

# 지금 사랑하라

여기 주변에는 상수리 숲이 있는데 잎이 갈색으로 물들 시기가 되면 가을의 절정이 되는 시점이다. 단풍 드는 것도 순서가 있다. 내가 살고 있는 곳은 벚나무가 먼저 가을을 맞이하고 그다음은 감나무 잎이 물들어 간다. 그리고 느티나무와 밤나무들이다. 가장 늦게 색이 달라지는 것은 은행나무로서 첫 서리가 내릴 때 즈음 노란 풍경을 연출한다. 이렇게 차례차례 물들다가 마지막으로 상수리 숲에 낙엽이 우수수 지면 이미 겨울 초입. 이러한 가을의 과정을 지켜보자면 세월의 무상을 실감할 수 있다.

지나온 날을 돌아보니 손가락 사이로 모래 빠져나가듯 시간이 흘러 버린 것 같다. 자연은 저마다 있을 자리에 있으면서 서로 조화를 이루기 때문에 고요하고 평화롭다. 그러나 사람들은 제자리를 지키지 않고 분수 밖의 욕심을 부리기 때문에 마음 편할 날 없이 소란스럽다. 새삼 이 가을에는 행복해지고 싶다는 생각이 든다. 행복해지고 싶다는 것은 현재의 삶이 행복하지 못하다는 방증이다. 그래서 더 소박해지고 싶고 아주 많이 여유롭고 싶다. 소식 뜸했던 친구에게 이 가을날 편지를 쓴다든지, 전화를 걸어 다정한 목소리라도 듣고 싶어진다. 모든 것을 돈으로만 따지려는 세상이라서 때론 인정이 더 그립다. 어느 날 부처님이 제자들 앞에서 한 말씀 하셨다.

수행자들이여! 잠시 눈을 감고 백 년 후에 그대들이 어디에 있는지 상상해 보아라. 과연 백 년 후에는 무엇이 남아 있을까? 서로 다투고 서로에게 고통을 주는 것은 현명하지 못하다. 모든 것은 변하기 마련이다. 그렇게 괴롭게 살지 말라. 인생은 지극히 짧다.

아마도 다툼을 멈추지 못하는 제자들에게 남긴 교훈으로 여겨진다. 눈을 감고 백 년 후를 생각해 보면 우리 곁에는 그 누구도 없을 것이다. 미운 사람도 사라지고 없을 테지만 사랑하는 이도 여기에 존재하지 않는다. 그래서 서로 다투고, 서로에게 괴로움을 주는 것은 현명하지 못하다. 모든 상황은 변하기 때문이다.

모든 것이 변한다는 말 때문에 '무상'에 대해서 잘못된 편견을 지니는 경우도 있다. 어떤 이들은 무상을 헛되다고 생각하는데, 사실 헛된 것과 무상은 전혀 연관성이 없다. 만약 무상이 지닌 속뜻이 헛되다는 것이 된다면 모든 일의 의미가 사라질 가능성이 높다. 그러므로 무상이란 허무의 뜻이 아니라 영원한 것이 없다는 의미로 이해해야 할 부분이다. 지금, 최선을 다해 살되 너무 집착하지 말라는 가르침이 숨어 있는 것이다. 왜냐하면 지나친 집착은 고통을 동반하기 때문이다.

살아가는 과정 속에서 가까운 사람들과 사소한 문제로 다툴 때가 많다. 부부와 가족들, 친구나 연인 등에게 서운한 감정을 느낄 때도 있다. 이런 작은 오해들이 쌓여서 친구와 멀어지기도 하고, 사랑하는 사이와 이별하기도 하고, 직장 동료와 불편해지기도 한다. 심지어는 부부의 인연까지 정리하는 경우도 있을 것이다.

시끄러운 세상을 살아가면서 상대방이 미워지고 원망스러울 때 부처님의 저 가르침을 가슴에 담아야 위로가 된다. 또한 가까운 사람이 실망스러울 때도 저 가르침을 새겨야 할 것이다. 왜냐하면 아무리 미운 사람일지라도 백 년 후에는 이 세상에 없을 것이기 때문이다. 결코 길지 않은 그 세월을 남을 미워하면서 생을 살아간다는 것은 너무 허망하며 시간 낭비가 되는 까닭이다.

인생의 고비마다 해결할 수 있는 것은 해결하고, 그렇지 못한 것은 그냥 두는 것도 좋은 방법이다. 시간이 지나면 저절로 지나가거나 해결되는 것을 많이 보아 왔다. 그러므로 당장 해결하려고 애쓰면서 에너지를 낭비하거나 다툴 필요가 없다는 뜻이다. 이때는 '언젠가는 이 세상에 없을 사람'이라고 생각하면 원망이나 미움이 사라지고 오히려 연민과 자비가 형성될지 모른다. 그 어떤 것도 어느 순간이 되면 나와 작별한다. 그렇다면 아웅다웅 미워할 이유가 없어진다. 아주 단절할 인연이 아니라면 먼 훗날 보고 싶어도 만날 수 없는 내 곁의 사람들을 사랑해야 할 것이다.

미움의 역리성逆理性이라는 것이 있다. 이를테면 미움을 받는 사람이 도리어 더 잘될 수도 있다는 원리다. 우리 속담에도 "미운 놈 차 버리면 떡시루에 빠진다"는 표현이 있다. 이처럼 내가 미워하는 상대가 오히려 잘되는 경우가 생긴다는 것이다. 예를 든다면, 저 티베트는 중국이 박해하면 할수록 국제적으로 유리한 상황에 놓이게 된다. 사람들의 관심을 더 많이 받게 되면 티베트 민족의 지도자 달라이라마의 행보는 더욱 반향을 일으키게 되어 있다. 만약 중국이 없었다면 달라이라마는 노벨평화상 수상자가 되지 못했을 것이다. 이는 미움의 대상이 오히려 세계 평화에 기여할 기회가 된 것이나 마찬가지다. 따라서 미움도 약이 될 때가 있다는 말이다.

마음이 밝고 건강해지려면 'F'가 두 개 필요하다는 글을 읽었다. 하나는 Forget으로, 잊어버려야 한다. 원망이나 미움은 물처럼 흘려 보내야 좋다. 세월에 흘려 보내지 않으면 결국 자기를 망가뜨리는 원인이 되기 때문이다. 또 하나는 Forgive인데 용서하라는 것이다. 용서의 최고 수혜자는 상대방이 아니라 자기 자신이라는 것을 명심할 필요가 있다. 미움을 당하는 상대방보다 미워하는 자신이 더 힘들고 속상한 경우가 훨씬 많다. 그래서 용서한다는 것은 자신의 마음과 화해하는 악수인 것이다.

잊어버리고, 용서하라. 이 두 가지가 정신 건강에도 유익하다. 잡고, 붙들고, 복수하기 위해 살아가는 인생은 그 자체가 독을 품고 사는 삶이다. 살다 보면 내가 복수해 주지 않더라도 누군가가 복수해 주는 경우가 있다. 내가 따귀를 맞았더라도 직접 보복하지 않아도 그 사람은 언젠가 누구에게 그대로 당하는 게 세상 이치기 때문에 그렇다. 불교식으로 말하면 그것은 인과의 율동이다.

미당 선생은 "눈이 부시게 푸르른 날은 그리운 사람을 그리워하자"라고 가을을 예찬했다. 그리운 사람은 모두가 소중한 존재들. 눈이 부시게 푸르른 날, 내 곁의 사람들을 지금 사랑하라.

# 안개 가득한 날에

늦가을 무렵에는 아침 안개가 자주 내린다. 안개가 가득 내려 저 멀리 법당도 사라지고 보이지 않을 때는 홀로 섬에 남은 기분이다. 사방에 아무 것도 없는 듯이 고요하고 신비롭다. 태고의 신비와 마주하고 있는 이런 분위기가 좋다.

나는 한때 호수가 가까이 있는 마을에 사는 걸 꿈꾼 적이 있었다. 물론 이 생각은 지금도 유효하지만 어릴 때부터 안개길 걷는 일이 참 즐거웠다. 더군다나 안개비가 살짝 내리는 날엔 그 운치에 매료되어서 정신 나간 듯 길을 나서곤 했었다. 출가 후 송광사에서 지내던 시절, 저 멀리 주암호의 물안개가 피어오르면 나도 모르게 발길이 멈춰지곤 했다.

내가 살고 있는 암자 주변에도 대청호가 있어서 이슬비 오는 날은 자주 찾고 있다. 일전에 개인이 운영하는 수련원을 다녀왔다. 그곳은 마침 대청호 바로 곁에 위치하고 있어서 그 풍광이 너무 부러웠다. 그분은 그 땅만을 산 것이 아니라 넓은 호수를 매입한 것이나 마찬가지라는 생각이 들었다. 그 호수는 따로 임자가 있는 것이 아니니까 두고두고 곁에 두면 될 것이기 때문이다. 그곳에서는 물안개를 자주 볼 수 있어서 때로는 환상적인 섬이 된다고 들었다. 이런 날은 그곳의 풍경이 다시 궁금해진다.

안개 자욱한 길을 걸어 보면 그 느낌이 어깨에 살짝 내려앉는다. 가볍게 밀려오는 안개의 습도가 나는 좋다. 한 치 앞도 보이지 않으니 나 혼자 걷는 기분을 몽환적이라고 표현해야 하나. 앞도 뒤도 모르겠고 걸어가고 있다는 그 사실만 알 수 있다. 오늘 아침도 안개 길을 따라서 신선처럼 걷다가 왔다. 이른 아침에 일어나는 이런 복사 안개는 해가 뜨면 시나브로 걷힌다.

우리 인생길이 안개 속에 서 있다는 생각을 해 본 적이 있다. 지나온 시간은 추억으로 사라졌고, 앞으로의 시간은 예측할 수 없다. 다만 현재 숨 쉬는 지금만이 유일하게 존재하는 시간. 그래서 마치 안개 속을 걷는 일과 유사하다. 걸어온 길도 보이지 않고, 걸어갈 길도 보이지 않고 오직 걸어가는 주변만 선명할 뿐이다. 다시 말해 시야가 확보되지 않은 상태에 서 있는 게 우리네 삶이다.

안개가 촘촘한 이런 아침에 어울리는 당시唐詩가 있어서 다시 읽어 본다.

松下問童子  소나무 아래에 있는 동자에게 물었더니
言師採藥去  스승은 약초 캐러 가셨다고 하면서 이렇게 답한다.
只在此山中  우리 스승님이 이 산중에 계신 것은 분명한데
雲深不知處  구름이 자욱해서 그곳은 제가 알지 못합니다.

산속 깊이 은거하고 있는 벗을 찾아가서 그의 안부를 묻는 나그네와 대답하는 동자의 맑은 기운이 안개처럼 스며드는 아름다운 시다. 요즘은 묵혀 두었던 옛 글을 다시 읽으면서 작은 즐거움으로 삼고 있다.

아침 안개와 더불어 늦가을의 정취가 고요 속에 잠겨 있다. 이런 가을에는 늘 마주하는 이웃들이 반갑고 소중하다. 새삼스레 그들에게 더 친절한 말벗이 되어 주고 싶다. 가을은 걸어가야 할 내일보다는 걸어온 발자취를 돌아보는 그런 계절인가 보다. 안개 가득한 이 가을에 나는 그 어느 때보다 맑은 눈빛을 지니고 싶다. 그래서 내 주변의 인연들에게 사랑하는 감정과 감사의 마음을 전하며 나누고 싶은 것이다. 가을은 이렇게 저 나뭇잎처럼 우리들의 마음도 엷은 우수에 물들어 가는가 보다.

내가 살고 있는 이웃 마을이 은행리인데, 은행나무가 많은 마을이라서 붙여진 이름. 노란 은행잎 수북한 안개 길은 더욱 환상적이다. 안개 내리는 날은 이웃 동네를 자주 걸었다가 돌아온다. 학창 시절 김승옥의 소설 《무진기행霧津紀行》을 읽으며 도시의 소음에서 벗어난 '안개 도시'를 상상했던 적이 많았다. 내가 사는 마을에 안개가 밀려들면 소설 속의 그런 도시처럼 느껴져서 기분이 들뜬다.

아침 공양을 마치고 벌써 해가 떴는데도 안개는 아직 걷히지 않고 있다.

# 나무 보살의
# 공덕

어제는 법당 뒤쪽 나무더미 앞에서 한나절을 보냈다. 토막 낸 통나무를 도끼로 쪼개어 장작 만드는 일로 오후 내내 투덕거렸다. 이 나무는 한 달 전에 전기톱으로 베어 낸 것인데 여기에는 그만한 이유가 있다. 이 터에 절을 짓기 전부터 두충나무 여러 그루가 주인 역할을 하고 있었다. 법당을 건축할 때 잘라 내자는 인부들의 의견도 있었지만 무자비한 일 같아서 만류했었다.

지난해 여름, 법당 기와가 몇 장 떨어지는 현상이 발생하여 곰

곰이 살펴보는 계기가 되었다. 두충나무 가지가 법당 지붕까지 뻗쳐 있어서 그늘이 생기기도 하고 낙엽이 떨어져 밑거름이 된 탓인지 기와 틈새로 어린 나무들이 자라고 있었다. 나무 뿌리가 자리를 잡으면서 기와를 조금씩 밀어낸 것이 낙와落瓦의 원인이 된 셈이다.

이런 일을 겪고 나니까 나무를 제거해 주어야겠다는 결심이 서게 되었다. 그래도 오랜 세월 여기에서 터를 지켜 주었으니 수호신에 대한 예의는 필요한 일. 톱질하기 하루 전에 막걸리를 부어 놓고 나무를 쓰다듬으며 미안함을 전했다. 이런 의식을 어른들은 목신木神에게 정성을 고告하는 일이라 했다. 막 출가했을 무렵 어느 노스님이 알려 준 비방이 생각난다. 고목을 베어 낼 때는 전날 밤에 붓글씨로 목신이라 써서 그 나무에 거꾸로 붙여 놓으라고 했다. 그래야 목신이 그 글을 읽고 나무를 떠날 준비를 한단다.

궁궐 짓는 목수도 목재로 사용하기 위해 소나무를 넘길 때 "어명이요!" 세 번을 큰소리로 산신山神에게 고하고 톱질을 시작한다고 들었다. 산 전체를 벌목할 때는 문중의 원로들이 모여 복식을 갖추고 건축물에 쓰일 나무를 베겠다고 알리는 고유제告由祭를 지냈다는 기록도 있다. 목신이라고 했지만 이것은 생명에 대한 배려이며 경외다. 산천초목이라 해서 어찌 생명이 없을 것인가. 이러한 의식 저변에는 세상의 모든 생명에 대한 존엄의 정신이 배어 있는 것이다. 그래서 나무 한 그루라도 마구 잘라 내는 일은 거듭거듭 생각하게 된다.

설명이 꽤 길어졌지만 이번에 톱질한 나무는 두 그루다. 내친 김에 뽕나무도 정리하고 나니까 법당 뒤쪽이 시원해졌다. 이제는 큰 나무 그늘에 가려 기운을 못 차리던 철쭉들이 햇빛을 받아 쑥쑥 고개를 내밀 것이다. 큰 인물이 세상을 떠나면 그를 추모할 때 '거목이 쓰러졌다'고 표현한다. 나이테가 제법 굵은 나무가 쓰러지니까 한 생이 차지했던 영역이 새삼스레 커 보인다.


머리 무겁던 숙제 하나를 끝낸 일이 또 있다. 이번 기회에 품삯을 사서 주목나무 가지치기를 단행했다. 울타리로 병렬하듯 서 있는 주목은 나이를 먹어서 높이가 어른 키의 몇 배가 될 정도다. 처음 심은 뒤로 손을 봐 주지 않아서 수형이 엉망이라 정원사의 실력을 빌릴 수밖에 없었다. 웬만하면 본래 모양대로 두고 보는 성격인데 이번 일은 소나무 병충해를 예방하기 위한 궁여지책이기도 하다.

가을에 마당의 소나무가 풀 죽은 듯 시들시들해서 알아보았더니 응애병 진단을 받았다. 이 응애는 소나무를 점점 고사시키는 병으로서 대부분의 성충이 주목에 잠복한다고 한다. 이런 까닭에 어느 집이든 주목나무가 있으면 소나무를 유심히 관찰할 필요가 있겠다. 기품 있는 소나무가 무너지는 것은 주인의 톱에 의해서가 아니라 눈에 띄지 않는 벌레 때문이라는 것을 배웠다. 어떤 사건이 터지면 당장은 고약하지만 그 일을 통해 교훈을 배우는 게 인생이다.

아울러 소나무 식구들의 가지치기를 단행하고 나니까 새로 이발한 사람처럼 인물이 단정하고 훤해졌다. 여자와 나무는 가꾸고 다듬어야 인물이 난다고 농을 했다. 당장은 잘라 내는 게 아픔이지만 성장을 위해서는 정형이 필요한 것은 나무든 사람이든 한가지라는 생각이다. "떡 본 김에 제사 지낸다"는 속담처럼 여러 일손이 생겨서 나무 아래마다 퇴비 묻어 주는 일까지 마쳤다. 이제 느긋하게 봄을 기다리면 될 것이다.

이미 고인故人이 되고 말았지만 애플의 창업자 스티브 잡스가 지켜 온 하나의 법칙이 있어서 이웃에게 소개한다.

여러분들의 시간은 한정되어 있다. 그러니 다른 사람의 인생을 살려고 시간을 낭비하지 마시라.

나무는 다른 인생을 부러워하지 않고 시샘하지도 않는다. 그저 자신의 향기를 안으로 익혀 가고 있을 뿐이다. 소나무가 모과를 닮거나 모과의 생을 살고 싶어 한다면 그때부터 소나무의 개성과 매력은 사라지고 만다. 그러니까 남의 인생을 따라가려 하는 것은 시간 낭비에 불과할 뿐이다.

잎을 떨치고 묵묵히 겨울의 시간을 건너고 있는 나무들을 보며 위로를 삼는다. 인정이 팍팍하고 삶이 힘들지만 저 나무처럼 견디며 살 일이다. 그 시기가 지나면 더 단단해질 것이며 더 알차게 여물게 될 것이기 때문이다.

어제 도끼와 씨름하였던 그 일 때문인지 오늘은 어깨가 뻐근하다. 그러나 마음은 장작 부자가 된 것 같아서 가볍다. 이 장작들은 겨울 내내 황토방과 공양간 난로의 땔감으로 쓰일 것이다. 비록 목숨은 마쳤지만 인간을 위해 전부를 내어 주는 거룩한 삶이다. 그 화력으로 방을 데울 것이고 추위를 막아 줄 것이며 고소

하게 고구마를 익힐 것이다. 그 공덕을 따져 보면 과연 '나무 보
살'이라 칭송할 만하다.

　그날 자리를 내어 준 나무가 장작이 되어 나에게 이렇게 법문
한다. 생의 절정에서는 그늘이 되어 주다가 생의 최후에는 따스
함이 되어 주는 삶. 필경 재마저 바람에 날려 흔적도 없는 그런
삶을 살아라.

# 친절과 미소다

"불교가 무엇입니까?"

이 질문에 달라이라마의 대답은 이러했다.

"불교는 친절과 미소입니다."

명쾌하고 간결한 설명이라서 거듭 감탄하게 된다. 일류는 푸근
하고 이류는 불편하다는 말이 있다. 절정의 공력을 지닌 사람은
분주하거나 서둘지 않으며 상처 주지도 않는다. 안목이 열린 스

승은 어려운 수사修辭를 빌리지 않고 평범한 언어로 전달하는 기술이 있을 것이다. 이런 점에서 달라이라마가 불교의 가르침을 소개하는 태도는 생생하면서도 부드럽다.

불교의 목표로 삼고 있는 '지혜의 완성'과 '자비의 실천'은 결국 친절과 미소나 다를 바 없다. 지혜는 친절로 표현되어야 하며 자비는 미소로 전개될 때 수행이 완성되기 때문이다. 이름난 스승이라 하면서도 매사에 불친절하고 무표정하다면 그 사람은 진정한 성자가 아닐 것이다.

이렇다면 불교 수행은 그다지 어려운 것이 아니다. 체계적인 교리의 이해가 없더라도 매사에 친절과 미소가 전제된다면 그 사람이 참다운 신앙인일 것이다. 일전에 경주의 어느 유명 사찰을 다녀왔는데 그곳 종사자들의 무뚝뚝한 표정 때문에 한동안 불쾌한 느낌을 지울 수 없었다. 그곳의 역사와 문화는 친절했지만 그곳의 사람은 친절하지 못했다. 찬란한 세계문화유산의 명성이 불편한 미소 때문에 인상이 흐려질까 염려되었다.

그 어떤 곳에 있든 불법 수행을 하면서 친절하지 않고 미소에 인색하다면 그 사람은 불교와 멀리 동떨어진 삶을 살고 있다 해도 과언 아니다. 이런 까닭에 출가 수행자는 그 어떤 종교인보다 친절해야 한다는 것이 나의 신념이다. 가끔 도반들끼리 사석에서 만나게 되면, 우리 스님들을 직업으로 분류할 때 '서비스 업종'에 해당된다는 농담을 하기도 한다. 무엇보다 사찰의 주지는 친절과 미소가 선행되지 않으면 신도와의 친밀도는 낮아질 수밖에 없기 때문이다. 유럽의 어느 항공사는 파업을 하게 되면 승무원들이 서비스를 하면서 미소를 짓지 않는다고 한다. 미소 없는 표정은 그만큼 강력한 파업 수단이 될 수 있는 것이다. 매사 불친절한 항공사를 누가 이용하겠는가.

이와 같이 그 절의 소임자들이 냉담하다면 신도들의 발걸음은 뜸해질 수밖에 없다. 그래서 주지의 첫 번째 덕목은 친절이며 미소다. 신도 한 명이 절에 와서 적응하려고 하면 몇 달의 시간이 필요하지만 그 신도가 절에 나오지 않게 하는 것은 일 분의 불친절이면 충분하다. 이렇게 친절과 불친절은 확연한 차이가 있다. 이 세상에 불친절을 경험하고 기분 좋은 사람은 아무도 없다. 이러하므로 친절과 멀어져 있는 수행은 사회적 공감을 얻기 어렵다.

지난가을에 몇몇 스님들과 여행을 하면서 이 부분에 대한 토론이 있었다. 주지의 덕목에는 어떤 것이 필요할 것인가에 대한 의

견이었는데 역시 첫 번째 덕목은 친절이라는 것을 새삼 확인하는 자리였다. 선어록《선림보훈》에는 주지에게는 인仁, 명明, 용勇의 요령이 있어야 한다고 말했다. 이를 현대적 표현으로 바꾸면 '친절, 배려, 포용'일 것이다. 그러므로 21세기 주지는 상담과 미소에 인색해서는 안 된다는 뜻도 된다.

풋내기 시절부터 알고 지내는 스님이 공찰의 주지로 부임했다는 소식을 듣고 방문했던 적이 있다. 산중 벽촌의 암자라서 기존의 신도들이 몇 명 되지 않았고 임기를 마친 주지들도 드물었다. 신임 주지가 부임하는 날부터 절에 방문하는 모든 이들에게는 미소와 친절로 맞이해 주었단다. 등산객이든, 관광객이든 귀찮다는 표정 없이 정성을 다하고 나니까 발걸음이 점점 늘어나더라는 것이다. 그 스님의 배웅을 받으며 하산하면서 머리 깎은 수행자라는 이유로 외면했거나 쌀쌀맞은 행동을 하지 않았는지 살펴보는 계기가 되었다.

누가 뭐래도 이 세상에서 가장 좋은 절은 '친절'이다. 그런데 가장 나쁜 절을 꼽으라면 '거절'이 되겠다. 그리고 가장 무서운 종교는 '가는교敎'라는 우스개가 있다. 이것은 사원에 사람이 오든 말든 신경 쓰지 않는 태도를 비꼬는 말이다. 그러니까 오가는 사람에 대한 인사와 안부가 필요하다는 얘기다.

정보 통신 분야에서는 100이란 숫자에서 1을 빼면 '99'가 아니라 제로(0)라고 들었다. 왜냐하면 하나가 잘못되면 전체가 무너지는 도미노 현상이 생기기 때문. 그래서 한 사람, 한 사람에 대한 배려와 관심이 우선되어야 한다는 것이 내 생각이다. 이런 이론을 반대로 생각해 보면 친절의 이유가 더 명확해진다. 다시 말해 10명한테 미소 지으면 그 소문이 200명에게로 확산될 가능성이 높다. 그러니까 친절 속도는 더하기가 아니라 곱하기로 불어난다는 사실이다.

우리 교세가 급감했다는 통계를 보고 이런저런 이야기가 길어졌다. 혹시나 친절과 미소에 인색한 태도와 얼굴이 불교 인구 감소의 요인은 아닐까 하는 생각에서 해 본 소리다.

4

지금이라도 알아서 다행이다

# 노년의 그림

내 나이 환갑을 훨씬 넘기고 나면 이름을 숨기고 싶은 소망이 있다. 산중의 오두막 암자 하나 구해서 지내는 것이 노년의 희망 사항이다. 그런 시절이 오면 세 칸짜리 집을 아담하게 건축하여 한 칸은 내가 머물고, 또 한 칸은 바람에게 내어 주고, 나머지 한 칸은 달빛이 쉬어 가도록 할 것이다. 또한 그 암자의 이름을 수졸암守拙庵으로 부를 것이다.

이렇게 암자의 규모와 이름까지 지어 놓고 노년의 여유를 꿈

꾼다. 실현될지는 모르겠으나 그런 상상을 할 때마다 마음 한쪽이 맑아지는 기분이 들어서 좋다.

근래에는 경남 산청 지역에 자주 발길이 간다. 성철 스님 생가를 답사하는 길에 그 주변을 둘러보았더니 산세와 계곡이 기운차고 우수했다. 맑은 물도 좋지만 내 눈길을 끈 것은 둥글둥글 잘생긴 바위가 즐비했기 때문이다. 세월의 이끼를 품고 있는 널따란 계곡 돌을 보고 있으면 내 사는 곳에 옮겨 오고 싶은 욕심이 생길 정도다. 여기에 기품 있는 소나무 숲이 잘 보존되어 있어서 그곳이 내 마음을 흔들고 있다.

마침 산청과 가까운 자리에 절을 짓고 지내는 죽마고우가 있어서 요즘 더 자주 그곳을 방문하게 된다. 그래서인지 노년의 아지트를 산청 근처로 했으면 하는 망상을 피워 본다. 강원도는 폭설과 혹한이 심해서 그다지 선호할 만한 곳은 아니라는 것이 개인적 생각이기도 해서 자꾸 남쪽으로 점수를 주게 된다. 나이 들수록 따스한 기온이 받쳐 주어야 건강에 도움이 될 것이라는 믿음도 있다.

어제는 주지 소임을 은퇴하고 잠시 머물고 있는 도반의 처소를 다녀왔다. 큰 절에서 노후 복지 시설로 건축한 공동 주택의 형태라서 눈여겨 살펴보았다. 열 평 남짓한 공간에 아담한 주방이 마련되어 있고, 창을 열면 솔숲이 보이는 그런 자리였다. 도반은 그곳에서 '독거노인'으로 지내며 한동안 독서와 여행에 집중할 것이라고 했다. 이미 그 도반에게도 밝혔지만 나는 그런 공간을 달가워하지 않는 성격이다.

홀로 있을 때는 대면할 수 있는 어떤 대상이 있어야 한다. 그 대상이 사람이 되었건, 자연이 되었건 상관없이 정을 나누어야 고립되지 않는다. 나는 노년의 시간을 콘크리트 공간 속에 머물고 싶지는 않다. 숲의 일부에 깃들어 의지하며 생을 마무리할 수 있다면 그 또한 청복일 것이다. 이런 이유로 나는 누추한 공간일지라도 꽃과 나무를 심고 가꿀 수 있는 마당을 가지길 원한다. 조선조의 시인 고산 윤선도尹善道는 〈오우가〉에서 수水, 석石, 송松, 죽竹, 월月을 벗 삼아 지내는 삶을 예찬했다. 나 역시 이런 친구를 가까이하면서 산중별곡을 부르고 싶다. 이런 벗들이 있다면 독신의 삶일지라도 결코 고독하거나 초라하지 않을 것이다.

여기에서 암자 이름을 미리 붙이게 된 연유를 밝히고자 한다.

부족하고 서툰 것을 지키는 암자라는 뜻의 수졸암. 이상하게도 졸拙이라는 단어가 좋아서 일찍부터 마음에 두었기 때문이다. 흔히 자신의 작품을 겸손하게 말할 때 '졸필', '졸시', '졸작'이라고 표현하듯이 이 속에는 '서툴다'와 '질박하다'의 뜻이 숨어 있다.

노자는《도덕경》에서 "대교약졸大巧若拙, 대변약눌大辯若訥"이라고 썼다. "큰 기교는 서툴고, 좋은 웅변은 더듬는다"는 뜻으로서 그 경지가 비범해지면 실력이나 능력을 자랑하거나 내세우지 않는다는 가르침일 것이다. 본디 시냇물이 더 시끄러운 법. 미학의 극치는 고졸미라고 하지 않던가. 그러니까 뛰어난 솜씨는 오히려 투박하고 서툴게 보이는 것이다.

이렇게 좀 부족하고 모자란 얼굴로 살아가는 삶을 영위하고 싶어서 암자 이름을 '수졸'이라 정한 것이다. 교만하지 않고 사는 일이 어려운 시절이라서 더욱 기본을 지키며 살고픈 생각이다. 아주 노년이 되면 이 세상일에서 은퇴하고 암자에서 조용히 살 작정이다. 남보다 앞서갈 이유도 없고 명예를 높이려고 애써야 할 필요도 없을 것이므로 자취를 숨기고 또 숨길 것이다.

옛날 어떤 국왕이 그 자리에서 내려와 오두막에 살면서 "시원하다, 시원하다"라고 말해서 주변 사람이 "무엇이 시원하냐?"라고 물었단다. 그러자 국왕은 "내가 왕좌에 있을 때는 하루도 편할 날이 없었다. 늘 근심이 끝이 없었는데 여기 오니까 마음이 아주 편하기 때문에 시원하다고 읊조리는 것이다"라고 대답했다. 잘난 사람보다는 못난 사람의 길이 한결 편할지 모른다. 나 또한 '시원하다'를 외치는 노년의 삶을 동경하고 희망한다. 퇴계 선생은 오십 세에 관직에서 물러나 스스로 호를 '냇가로 물러난다'는 뜻의 '퇴계'로 지었다고 했다.

명상 공부에서는 무엇을 원하지 말고, 원하는 그림을 그려 보라 권유한다. '나는 그렇게 되고 있다'고 스스로에게 주파수를 던지는 것이 중요하다. 왜냐하면 결국 그 주파수가 인생의 그림을 완성하는 과정이 될 것이기 때문이다. 이런 까닭에 나는 '평소의 생각이 그 사람의 인생이 된다'는 신념을 강연 때마다 전하고 있다. 그래서 앞으로 다가올 노년의 내 그림을 조금씩 설계해 보는 것이다. 청춘은 다 지나갔고 이제 늙을 일밖에 없다.

# 우수수
## 낙엽 지는 소리에

늦가을이 되면서 아침마다 낙엽 치우는 일로 시간을 보내고 있다. 며칠 전에 찬 서리가 한 차례 내리더니 산신각 주변의 은행잎이 노랗게 물들 새도 없이 죄다 지고 말았다.

올가을에는 비 오고, 바람 부는 날이 유독 많았다. 높고 눈부신 청명한 하늘을 마음껏 보지 못했던 것 같다. 가을 햇살이 부족해서 말려 놓은 곶감에 곰팡이가 생겨 먹지도 못하게 생겼다. 이런 저런 일기불순日氣不順으로 인해 우리 고장의 단풍은 곱게 물들지 못하고 떨어져 내렸다. 이래서 올해에는 낙엽 쓰는 일이 예년보다 더 빨라졌다.

아침 시간에 비질을 마치고 나면 정갈해진 마당이 무척 마음에 든다. 뭔가 정돈된 평화로운 느낌이 좋다. 어쩌다 바쁜 일 때문에 청소를 미룬 날은 흩어져 있는 낙엽이 눈에 거슬린다. 이런 성미 탓에 어떤 날은 반나절 이상을 낙엽 정리하는 일에 매달릴 때도 있다. 특히 감나무 아래는 하루라도 쓸지 않으면 지저분해지는 곳이다. 예고 없이 픽픽 떨어지는 병든 홍시 때문에 그때그때 치워 주지 않으면 엉망이 되기 때문이다.

밤새 비바람이 지나간 다음 날 마당은 온통 낙엽 천지가 된다. 여태 치워 놓은 보람도 없이 난장판이다. 그러나 바람을 탓해 무엇하랴. 다시 차근차근 비질을 하면서 낙엽을 쓸어 모으면 언제 그랬냐는 듯 깨끗해진다. 이것이 마당 쓰는 재미이며 기쁨이다. 가끔, "내일 또 떨어질 낙엽을 왜 치우는가?" 하는 질문을 받기도 한다. 낙엽이 다 쌓이고 난 뒤 한꺼번에 치워도 될 일을 군이 고생하느냐는 염려의 뜻이겠다. 그렇지만 날마다 낙엽과 마주하며 쓸고 정리하면서 나름의 공부를 경험하고 있다.

싸리비로 낙엽을 쓸 때마다 행복의 본질에 대해서 묵상하는 시간이 많았는데, 오늘 아침에 그 실마리가 스르르 풀어졌다. 행복이 무엇이냐 하면 많은 사람들이 "성공하는 것이 행복이다" 하거나 "건강하거나 돈 많이 버는 것이 행복이다" 하는 식으로 이야기한다. 그러나 이런 대답은 행복과 행복의 조건을 혼동하는 것일 수도 있다. 그러니까 행복의 조건을 행복이라고 생각하고 있다는 뜻. 엄밀히 따져 보면 돈이나 건강, 성공 등은 행복의 조건일 뿐 행복 자체는 아니기 때문이다.

그러면 행복 자체는 무엇일까? 건강하면 내 마음과 몸의 느낌이 좋으며, 또 돈을 벌면 기분이 좋은 상태가 된다. 그래서 행복이란 그때의 '기쁨'이라고 봐야 한다. 쉽게 말해 기분이 좋으면 행복이고 기분이 좋지 않으면 불행인 것이다. 천금이 손 안에 있다 하더라도 불안하거나 위기를 느끼면 그것은 썩 기분 좋은 상황은 아니다. 그러니까 행복이 무엇이냐 하면 '느낌 좋은 것'이라고 정의하고 싶다.

매일 아침 낙엽을 쓸면서 내면에서 일어나는 이런 느낌을 존중하고 그 느낌을 즐기고 있는 셈이다. 깔끔해진 마당에 쏟아지는 가을 햇살을 보고 있으면 저절로 기분이 맑아진다. 그때의 기분이 나를 행복으로 이끌고 있는 것이다. 그래서 행복은 그때그때의 느낌이 모이고 확장되는 방식일 테다. 순간순간의 느낌에 집중하지 않으면 행복 자체보다는 행복의 조건에 목말라하는 방식이 될 확률이 높다. 우리들이 행복하지 못한 이유는 어쩌면 행복의 조건에만 몰두해 있기 때문이 아닌지 반문해 본다.

속절없이 낙엽 지는 이런 계절에 어울리는 시 한 편이 있어서 음미해 본다.


우수수 낙엽 지는 소리에
성근 비라고 착각했네.
스님 불러 문을 나가 보게 했더니
달이 시내 남쪽 나무에 걸려 있다네.


〈산사야음山寺夜吟〉이란 제목을 달고 있는 송강 정철鄭澈의 글인데 읽을수록 마음이 훈훈해진다. 노스님이 빗소리로 착각하여 동승童僧을 불러 밖에 나가 보라 했더니, 그가 전하는 말이 "비는커녕 달이 시내 남쪽 가지에 걸려 천지가 밝다"라고 하는 모습이 참 정겹기도 하지만 가을밤의 여담 같아서 저절로 웃음 짓게 만든다.

내가 살고 있는 여기서도 가끔 이런 풍경이 연출된다. 상수리 숲의 갈잎이 양철 지붕에 <u>으스스</u> 쌓이는 밤이면 후드득 빗소리로 들리기도 하고 인기척 소리로 들리기도 해서 가끔 문을 열어 내다보고 들어오기도 했다. 산사의 밤은 낙엽 지는 소리가 들릴 정도로 고요하고 섬세하다.

며칠 전에 덕지덕지 때 묻은 법당 출입문의 창호지를 떼어 내고 새로 발랐더니 질감이 밝고 산뜻해서 좋다. 그날 연장을 꺼낸 김에 구멍 난 손님방 여닫이문 창호지도 손보았고, 찢어진 벽지도 풀칠을 해 주었다.

이렇게 사소한 숙제를 끝내고 나면 무겁던 머리 한 부분이 상쾌해지는 것 같다. 이제 내일로 예정되어 있는 김장만 하면 겨울 준비는 끝.

여러분의 겨울 준비는 어떤지 안부를 전한다. 어느 시인은 "돌아가기엔 이미 너무 많이 와 버렸고, 버리기엔 차마 아까운 시간"이라고 십일월을 노래했다. 가을에 미처 갈무리하지 못한 일이 있으면 찬바람이 불기 전에 살펴보면 좋을 것이다.

이런 점에서 십일월은 가을에서 겨울로 이어지는 노란불 신호라는 생각이 든다. 영혼을 들여다볼 시간 없이 무작정 달리던 발걸음을 멈추고 뒤를 돌아보는 때가 이즈음이다. 이렇게 가을이 가고, 또 겨울이 오나 보다.

# 알 수 없어서
# 더 신비롭다

우리 고장에 첫눈이 내렸다. 아직 마음은 가을에 머물러 있는데 설경과 마주하니까 괜히 발걸음이 바빠진다. 미처 준비하지 못한 겨울 채비가 없는지 살펴보게 된다. 어깨가 서늘해서 내 옷을 보니까 얇은 복장이다. 이제는 내복과 누비바지를 꺼낼 때가 되었다. 이렇게 기후가 그때그때의 옷으로 갈아입게 한다. 좀 빠른 첫눈인가 싶어서 지난해 기록을 보니까 비슷한 시기다. 해마다 십이월을 앞둔 이때에 찬 겨울을 예고하는 첫눈이 내렸던 것이다.

이런 십일월의 끝자락에 들어서면 숲이 텅 비어 간다. 거추장스러운 잎들을 훨훨 떨쳐 버리고 나무들은 알몸을 드러낸다. 바라보기에도 얼마나 홀가분하고 시원한지 모르겠다. 이렇게 입동立冬 무렵이면 수목들은 입었던 옷을 사정없이 벗어 버리는 것이다. 비로소 속살을 드러낸 숲. 화장기 없는 이런 겨울 숲이 마음에 든다. 옛 어른들은 이런 풍경을 일러 '산골山骨이 드러났다'는 표현을 썼는데 아주 적절한 어휘다.

빈숲에 찬바람이 불면 몸은 차지만 싸한 느낌이 나쁘지는 않다. 미적지근한 날씨보다는 살갗이 얼얼해지는 쌀쌀한 날씨가 좋다. 내 삶에도 어떤 긴장감이 돌기 때문이다. 팽팽하게 긴장감이 돌아야 제대로 된 겨울 맛이 난다. 작년 겨울은 그다지 춥지 않아서 흐지부지 보낸 기억이 있어서 이번에는 얼음이 꽁꽁 얼 정도로 추웠으면 하는 바람이다. 덥든, 춥든 계절은 계절다워야 그것이 오롯한 모습일 것이다.

아메리카 인디언의 달력에 의하면 십일월은 '영혼이 따라올 수 있게 쉬는 달'이라 한다. 계절의 느낌과 풍경을 잘 묘사한 내용이 아닐 수 없다. 봄에 파종하고 가을 수확까지는 무척 분주했을 그들의 입장에서는 늦가을이 한 해의 살림을 돌아보는 때이기도 했을 것이다. 지금까지 무엇을 위해 바쁘게 살아왔는지, 어떤 목표를 위해 정신없이 달려 왔는지를 따져 물어야 할 것이다. 그런 자문을 통해 자기 몫의 삶을 살고 있는지도 살펴봐야 한다.

사람이 너무 앞을 향해 달리기만 하면 영혼이 미처 뒤따르지 못한다고 한다. 인디언들이 말을 달리다가도 어느 지점에서 잠시 머물렀다가 출발하는 이유도 여기에 있다. 우리 삶도 너무 동분서주하게 되면 영혼이 지치고 힘들어서 주저앉을지도 모를 일. 그러니까 영혼과 동반할 수 있을 정도의 속도로 일하는 것이 좋다. 이런 까닭으로 십일월은 잠시 한숨 돌리면서 바삐 살아온 시간을 돌아보기 좋은 계절이다. 그런 과정을 통해 올해 지키지 못한 약속이나 과제가 있었다면 마지막 달에 실행하라는 예고이기도 하다. 주변 친지들의 십일월은 어떤 의미인지 궁금하다.

이런 절기가 되면 우리 절 주변은 안개로 가득찬다. 어떤 날은 온통 안개로 인해 한 치 앞도 보이지 않을 적도 있다. 그럴 때는 내가 사는 곳이 바다에 떠 있는 환상의 섬이 되는 기분이다. 이렇게 안개 속에 서 있으면 문득 '삶은 불확실해서 더 신비롭다'는 명제가 떠오른다. 안개가 가득하면 사방을 구분할 수 없고 오직 서 있는 위치만 확인할 수 있는 이런 상황이 우리네 삶과 비슷하다. 그러나 관점을 달리 해 보면 인생이 고정되어 있지 않고 미래를 알 수 없어서 오히려 더 흥미롭다는 이론도 생길 수 있다. 미리 설정되어 있는 인생이라면 생동감이 없어서 시시하고 재미없을 것이기 때문이다.

결국 우리 삶은 예기치 못한 변수와 알 수 없는 앞날 때문에 더 신비하고 긴장된다는 사실이다. 이로 인해서 인생은 활기찬 상태가 된다는 역설도 가능하다. 너무 반복되거나 일률적인 일상은 무료하고 답답하다는 점을 생각해 보면 적당한 긴장이 필요하다는 데에는 동의할 것이다. 달리 표현하자면 인생에서 어느 정도의 사건과 고민은 활력을 위해서도 유익할 수 있다는 뜻도 된다.

인생길에서 만나는 여러 가지 변수나 일탈은 우리 삶을 도리어 긴장하게 만드는 생명력이 될 수 있다. 따라서 삶의 길목마다 예측할 수 없는 돌발 상황과 실수가 있기에 삶 자체가 경이로울 수 있는 것이다. 중요한 것은 오늘을 사는 일. 이렇게 될 수도 있고, 저렇게 될 수도 있다는 가능성을 열어 두는 태도가 현명하다. 이것이 리얼리티의 삶이다. 설령 내가 원하지 않는 불행의 손님이 찾아왔다면 그것을 받아들이면 된다. 왜냐하면 모든 것이 영원하지 않으므로 불행의 손님 또한 때가 되면 내 곁을 떠날 것이기 때문에 그렇다.

늠름한 소나무 위에 첫눈이 소복하게 쌓여 있는 산중의 아침. 나도 추위에 움츠러들지 않는 저런 기상으로 다가오는 겨울을 당당하게 보내고 싶다. 윤동주 시인이 그랬다. 눈이 추운 겨울에만 내리는 것은 이 대지를 덮어 주는 포근한 이불이 되기 위함이라고. 우리 숲에도 겨울옷을 입혀 주려고 눈이 내렸다.

# 장작 부자가
# 진짜 부자다

방금 전까지 아래 마당에서 장작 작업을 마치고 방에 들어왔다.
그것도 일이었던지 이마에 땀이 송골송골해졌다.

오전에 할까 하다가 바람이 차서 미루었다가 햇살 좋은 오후
에 몸을 움직였더니 훨씬 수월하게 마쳤다. 첫날 도끼질할 때는
허리도 아프고 어깨도 결렸는데 이젠 단련이 되어서 그다지 힘
들지는 않다.

올겨울이 시작되면서 일주일째 장작과 시간을 보내고 있다. 작은 절이지만 동절기에는 땔감이 제법 필요하다. 식당에 있는 장작 난로에도 불을 지펴야 하고, 이번 봄에 완공한 황토방에도 아궁이가 있어서 나무를 때야 한다. 그래서 늦가을에 가로수 가지치기 한 것을 구해 와서 쟁여 놓기도 하고, 난로 업체에 부탁하여 장작을 실어 와서 한 가리 든든하게 쌓아 두었다.

그런데 매일 곶감 빼먹듯이 하나둘 가져와서 불 때다 보니까 벌써 절반이나 없어졌다. 뒤주에 쌀 떨어질 즈음이면 마음 졸이는 심정으로 땔감 걱정을 하고 있던 차에, 다행히 과수원을 운영하는 거사님이 그저께 트럭으로 원목을 실어 주어서 갑자기 부자가 된 기분이다. 그 통나무를 장작으로 만들려면 달포 정도를 다시 투덕거려야 할 것 같다. 통나무가 절반으로 쪼개질 때의 그 쾌감이 좋아서 도끼를 자주 들게 된다. 그리고 순수하게 집중할 수 있으므로 일하는 재미도 느낄 수 있고, 장작 모이는 즐거움도 있다.

이때는 힘보다는 요령이다. 나뭇결을 살핀 뒤 정수리를 정확하게 내리치면 한 번에 빡 쪼개진다. 옹이가 촘촘히 있는 나무는 몇 번 내리쳐야 금이 가기 시작하면서 벌어진다. 한번은 나무 밑둥치를 베어 낸 것인데 가지와 옹이가 많아서 몇 날 며칠을 두고 보면서 수십 번 내리쳐서 쪼갠 적도 있다. 굳이 그럴 필요가 없는데도 묘한 승부욕이 발동하는 것이다.

나는 20대 시절 송광사 비전碑殿에서 살 때 아궁이 있는 방에서 지냈다. 그래서 장작도 패면서 군불 지피던 추억이 있다. 그때 오후 4시쯤이면 어김없이 군불을 한 아궁이 넣어 놓고 큰 절까지 저녁 공양 하러 다녀오곤 했다. 가끔 멀리 외출했다 돌아올 때면 온기 없는 방이 무척이나 낯설고 어색해서 걸망도 풀기 전에 서둘러 군불부터 지폈다.

방이 데워지는 동안 짐 정리와 방 청소를 하면서 기다리는 시간도 소소한 기쁨이었다. 그 당시 나는 아궁이 있는 그 암자가 마음에 들어서 나그네로 떠돌다가 그곳의 식객이 된 사연이 있다. 그 방에서 경전을 읽다가 집중이 되지 않을 때 아궁이 앞에서 불을 지피곤 했다. 타닥타닥 소리를 내며 타들어 가는 장작을 보면서 수행의 완급과 무심無心을 배울 수 있었다.

옹이가 있는 장작은 펑펑 소리가 났다. 나는 그것을 보면서 나무의 심장이 터지는 소리라고 말했다. 그래서 나무의 한 생은 톱질에 의해 넘어지는 그때가 끝이 아니라 치열한 불꽃으로 승화

되는 그 순간이라고 보았다. 그러니까 나무는 숯이 되고 재가 되는 그 과정이 온전한 생의 마무리다. 그래서 불꽃이 되어 사라지는 그 시점까지 지켜보는 것이 나무에 대한 예의라고 생각했다. 아궁이 앞에 앉아서 완전 연소하여 재가 되고, 필경 그 재마저 바람에 흩어지는 그런 집착 없는 삶을 배우고 싶었다.

다 줄 수 있어서 행복한 삶. 가져갈 것 없어서 홀가분한 인생. 이것이 나무에게 배울 수 있는 교훈이다.


나는 내 생애의 그 시절이 참 좋았다. 구도의 열기로 가득 차 있었던 햇중 시절의 풋풋한 그때가 새삼 그립다. 장작불 지펴 놓고 도담道談 나누었던 그 도반들은 어디서 무엇을 할까? 이미 고인이 된 이가 있어서 갑자기 그들의 안부가 궁금해진다.

이제는 세월이 흘러 젊은 날의 형형한 눈빛은 사라졌지만 돌이켜 보면 그때의 수행 일과는 교화의 업으로 형성되어 지금까지 내 삶을 받쳐 주고 있다. 내가 이곳에 황토방을 지을 때 아궁이를 애써 만든 이유도 여기에 있다. 그때의 풍경이 그립기도 했지만 군불이 주는 정서와 효능이 좋았기 때문이다. 여기서도 아궁이에 불 지피는 일은 힘들지 않고 신난다. 얼마 전에는 골동품

시장에 가서 손풍구 하나를 구해 왔는데 이 물건을 아주 요긴하게 사용하고 있다. 불쏘시개로 장작에 밑불을 넣을 때 풍구를 돌려 주면 불이 쑥쑥 잘 든다. 그때그때 필요한 물건을 제작할 줄 알았던 옛사람들의 지혜에 새삼 감탄하고 있다. 디지털 시대에 아날로그 기계의 도움을 받고 있으니까 시대를 거슬러 살고 있는 기분을 느낀다.

삶의 방식이 급변한다고 해서 다 좋은 것은 아닐 것이다. 느리게 천천히 가는 속도도 필요하다. 다소 성가시고 불편한 것을 감수할 수 있다면 아날로그 방식은 오히려 인간적이고 원시적인 삶의 형태일 수 있다. 빠르고 편리한 것은 생활의 장점일 수는 있겠으나 반드시 행복과 비례하는 것은 아닐 것이다. 어쩌면 문명의 발전이 느린 시대가 더 행복했을지도 모른다. 제주도의 어느 수목원에 갔더니 "느려도 괜찮아요. 자연은 원래 느려요"라는 안내문이 있었다. 인간의 속도가 자연의 속도를 추월하면서 세상은 더 복잡하고 바빠졌다. 그러니까 문명의 혜택에 너무 길들여 있으면 인간이 가진 본래의 능력이 점점 퇴화될 가능성이 있다는 뜻이다.

요즘 내 눈에는 장작이 가득 쌓여 있는 집이 정겹고 부럽다. 겨울엔 나무 부자가 진짜 부자이기 때문이다. 땔감이 담장처럼 둘러쳐 있으면 그 어떤 양식보다 풍성한 느낌이다. 내일은 절에 손님이 오는 날이라서 저녁 전에 내려가서 황토방에 군불을 지필 것이다. 아궁이에 장작 한 짐 넣어 놓고 굴뚝으로 퍼지는 연기를 바라보는 일이 참 즐겁다. 연기 냄새를 맡고 있으면 인정 넘치는 사람 사는 집 같은 기분이 든다. 오늘은 장작 타고 남은 숯불에 고구마 몇 개라도 넣어서 긴 겨울밤의 간식으로 먹을 생각이다.

# 세밑에서
# 안부를 묻다

또 한 해가 이렇게 지나가고 있다. 내일 모레가 동지 법회니까 올해도 며칠 남지 않았다. 새삼 이즈음에서 한 해를 어떻게 살았는지 발자취를 들여다본다. 그리고 주어진 시간을 낭비하지 않고, 마주하는 일과에 최선을 다했는지 자문한다.

이런 때가 되면 세월은 오는 것이 아니라 가는 것이라는 말을 실감하지 않을 수 없다. 어린 사람들은 해가 바뀌면 한 살이 보태어지지만 나이 든 사람들은 한 살이 줄어든다. 염라대왕의 초청

장을 받아야 할 시간이 가까워지고 있기 때문에 그렇다. 그래서 어른이 되면 세월은 다가오는 것이 아니라 가는 것이라는 표현을 했을 것이다. 이러하므로 가치를 부여할 수 없는 시시한 일에 시간을 소비하면 우리의 생이 무척 아깝다.

세월은 흘러가는 물 같아서 한 번 지나가면 되찾을 수 없다는 고인古人의 말씀처럼 천금 같은 시간은 오늘도 물처럼 쉼 없이 흐르고 있다. 그렇지만 세월이 가져다주는 교훈도 있다. '저 사람 좀 안 보고 살 수 없을까?' 하며 고민한 것도 세월이 흐르면 상황이 바뀌기도 한다. 또한 묵은 습관이나 잘못된 버릇이 고쳐지는 경우도 있다. 이렇게 세월은 우리들 삶의 과정 속에서 때로는 부드러운 회초리가 되기도 하고 매서운 채찍이 되기도 한다.

12세기의 인물 원오圓悟 선사의 어록에 "생야전기현生也全機現 사야전기현死也全機現"이라는 가르침이 있다. 풀이하면 이런 내용이다.

살 때는 내 전부를 기울이고
죽을 때도 내 전부를 바쳐라.

숨 쉴 때는 세상 전부를 다 품은 듯이 호탕하고 자신 있게 살아야 할 것이며, 죽음이 임박했을 때는 망설이지 말고 미련 없이 그 대열에 합류해야 옳을 것이다. 머뭇머뭇 사는 인생은 열정적으로 살아가는 자세가 아니라는 충고로 받아들이고 싶다.

다시 말하지만, 살 때는 온 힘을 기울여 철저히 살아야 하고, 죽을 때 또한 그 전부를 소진해야 할 것이다. 이것은 그때그때의 자신에게 충실할 때 가능한 삶의 태도이다. 이 글을 읽고 있는 지인들의 지난 삶은 어땠는지 궁금하다. 온 열정과 온 힘을 다해 철저히 삶의 대열에 동참했는지 질문하고 싶어진다.

일생 동안 기이한 행적을 보여 주었던 티베트의 스승 파툴 린포체는 한 해의 마지막 날이 되면 대성통곡하였다고 전해진다. 그 연유를 따져 묻는 제자에게 이렇게 말했다.

많은 사람들이 죽음에 대해 아직 아무런 준비도 못 했는데 또다시 한 해가 지나가니까 그 안타까움이 가슴에 사무치기 때문이다.

그러니까 우리들의 삶은 죽음 이후의 시간에 대해서는 무관심하다는 뜻이기도 하다. 일생을 분주하게 사는 목적이 돈과 명예에만 있다면 그 사람은 내생의 삶에 투자하지 않는 인생일 것이다. 그렇다면 선행과 복덕으로 다음 생의 삶에 대비해야 할 시점이기도 하다.

어제는 새해 달력으로 바꾸어 걸면서 묵은 달력에 적어 놓은 일정을 보며 분주했던 나의 살림살이가 느껴졌다. 간소하고 단순한 삶을 이끌어 간다는 일이 참 어렵다는 생각도 들었다. 번잡한 일을 줄인다고 하면서도 인정의 둘레 때문에 이런저런 일에 관여한 것이 많다. 정을 나누고 살아가는 것이 세상사의 이치라서 주변의 요청을 단호히 거절할 수 없었던 것이 그 이유다. 그렇지만 그 일을 통해 무언가를 위로 받고 교감했다면 아주 실패한 시간은 아니었을 것이다.

올해 정초에 분주하게 살지 않겠다고 다짐했는데 그 약속이 잘 지켜지지 않았다. 다가오는 신년에도 그 맹세를 또 해야 할 것 같다. 왜냐하면 일을 줄이고 또 줄여야 한다는 결심이 있어야 그나마 덜 바빠지기 때문이다. 물론 여기서 말하는 바쁜 일은 소모적이고 낭비적인 허례허식이다.

옛글에 이런 말이 있다.

사치한 자는 삼 년 동안 쓸 것을 일 년에 다 써 버리고, 검소한 자는 일 년 쓸 것을 삼 년을 두고 쓴다. 사치한 자는 부유해도 만족을 모르고, 검소한 자는 가난해도 여유가 있다. 사치한 자는 그 마음이 옹색하고, 검소한 자는 그 마음이 넉넉하다. 사치한 자는 근심 걱정이 많고, 검소한 자는 복이 많다.

한마디로 말한다면, 사치는 악덕이고 검소함은 미덕이다. 허례허식의 악덕에서 벗어나야 검소한 미덕이 될 수 있을 것이다. 올해 내 삶의 저변에도 이런 악덕의 업業이 없었는지 반성해 보게 된다. 행복의 조건은 검소하게 살면서 복을 누리는 일을 말한다. 덜 갖고도 우리는 얼마든지 행복하게 살 수 있다. 그동안의 물건 목록을 정리해 보니까 나누어 준 것보다 새로 구입한 용품이 더 많다. 아무래도 내년은 '구입 금지'의 해로 지정해서 절약을 더 해야겠다는 생각이 든다.

我送舊  나는 묵은 것을 보내고
君迎新  그대는 새것을 맞으소서.

아주 예전에 광덕 스님과 일타 스님이 주고받았던 신년의 안부 구절이다. 나쁜 것은 내가 죄다 가져갈 테니, 당신은 좋은 것을 맞이하라는 축원이다. 어른들의 따스한 연하年賀의 마음이 느껴진다.

어제는 뒤뜰에 웅크리고 있는 낙엽을 쓸어 모아 불을 놓고 태워 주었다. 한 해 동안의 묵은 과제들이 연기 속으로 사라지는 기분이 들었다. 이렇게 우리 인생에서는 그때그때의 할 일이 늘 있는 것 같다. 세모歲暮의 길목에서 이웃들의 안부를 전하며 열심히 살아온 삶에 대해 격려와 감사의 박수를 보낸다.

# 인생은 눈물 반,
# 세월 반이다

오늘은 동지이면서 음력 초하루. 눈도 내리고 한파까지 겹쳐서 한겨울의 풍경 속에서 동지를 맞이했다. 새벽부터 봉사자들이 분주하게 노력한 덕분에 정성스러운 팥죽을 손님들에게 내놓을 수 있었다. 대소사가 있을 때마다 궂은일을 소리 없이 담당해 주는 이런 분들의 공덕이 있어서 수월하기도 하지만 개인적으로는 항상 시은施恩의 빚을 지고 사는 것 같다. 특히 우리 같은 독신 출가자의 형편에서는 이래저래 도움받을 일이 더 많다.

내가 이곳에 정착하던 그해부터 동지 절기가 돌아오면 마을 사람들과 팥죽을 나누고 있다. 마을 회관에 팥죽을 한 솥 끓여서 배달하는 것도 벌써 몇 년째다. 이렇게 하는 것은 인정을 전하고자 하는 뜻도 있지만 사찰은 공공 기능의 역할을 해야 하기 때문이다. 마을 사람들이 외면하는 절이 된다면 그 공간은 고립된 처지가 되기 쉽다. 내 경험으로는 마을과 사이가 좋지 않거나 인심을 잃으면 전법 장소로서는 큰 장애가 아닐 수 없다.

여기 절에서는 동짓날마다 '붕어빵'을 굽는 이벤트를 한다. 겨울철에 호호 불어 가며 먹었던 붕어빵의 추억을 절 마당에서 재현하는 것이다. 팥죽도 그렇지만 붕어빵에도 팥이 들어 있으니까 동짓날에 먹는 의미 있는 간식으로는 최고다. 사람과 사람 사이에는 이런 소소한 별미들이 있어야 정이 들고 사연이 생긴다.

동지 법회를 주관하면서 "오늘 밤, 가장 힘든 사람은 과부와 홀아비"라고 하여 한 차례 웃었다. 이러한 농담을 던진 것은 동짓날은 밤이 깊기 때문에 외로운 사람들에게는 가장 긴 밤이 될 수 있다는 뜻이었다. 그리움과 번민이 있는 사람이라면 이번 동지 밤은 유독 힘들고 지루할 것이다.

여기에서 밤이 깊다는 의미를 되짚어 봐야 한다. 깊은 어둠이 상징하는 단어는 공포, 불안, 질병, 방황, 초조 등 우울한 심리 상태다. 이런 단어가 지닌 재앙적인 상황을 소멸시키는 위로가 필요했을 것이므로 민간에는 팥죽이 등장하고 신앙적으로는 동지 불공이 성행했던 것이다. 우리가 일상에서 표현하는 '염병할!'이라고 할 때의 염병은 장티푸스나 콜레라 등 일종의 전염병을 통칭하는 말이다. 그러니까 팥을 통해 이러한 질병의 악귀를 예방하는 차원이라서 지금도 동지는 유효한 의식으로 남아 있다.

어째서 이러한 설명을 장구하게 하느냐 하면, 동짓날이 불교 기념일도 아닌데 왜 법회를 하는가에 대한 답을 이 기회에 하고 싶어서다.

밤이 가장 길다는 것은 어둠이 정점에 도달했다는 뜻도 된다. 그러므로 동지를 기점으로 점차 밝아진다는 의미다. '밝음'은 어둠과 반대로 성공, 희망, 소생, 출발을 담고 있는 단어라 할 수 있다. 그러니까 동지는 음의 기운이 극에 달하는 시점이기도 하지만 양의 기운이 서서히 일어나는 기점이라는 사실이다. 양의 기운이 생성되는 이러한 날이라서 동지에는 양陽의 색으로 알려진 붉은 팥죽을 먹는 것이다.

이렇게 따져 보면 풍속이나 민속은 그냥 형성된 것이 아니라 우주와 삶의 원리 속에서 전개되었다는 것을 알게 된다. 과학이 발달하고 의술이 진보한 지금 시대보다 우리 선배들은 훨씬 탐구적이고 현명했다는 것을 인정해야 한다. 고리타분한 옛 주장이라고 해서 멀리하면 그 안에 스며든 교훈을 읽을 수 없다.

우리 삶의 저변은 온통 음양의 조화로 형성되어 있다. 밤낮이 그렇고, 남녀가 그러하며, 빈부와 고락을 보아도 상대적인 관계다. 이것은 차별이라기보다는 보완의 개념이 될 때 조화롭다. 한쪽으로 치우치면 결핍이 생겨 어긋나게 되는 것이다. 이런 점에서 우리 인생사 또한 오르막, 내리막이 있다. 성주괴공成住壞空 생주이멸生住異滅의 원리에 따라 시종을 거듭하는 것이다. 권력, 명예, 재산, 건강, 외모 또한 이 원리를 벗어날 수 없다는 것을 알면 좋겠다. 이렇게 모두 흥망성쇠가 있기 때문에 음양의 변화와 그 조화를 살펴 삶 속으로 수용해야 지혜롭다.

〈햄릿〉의 대사 중에 "한 눈에는 기쁨을, 다른 한 눈에는 눈물을 머금고"라는 문장이 있다. 우리 인생을 크게 나누면 절반은 기쁨이고 절반은 눈물이다. 사는 것은 어쩌면 '눈물 반, 세월 반'인지도 모르겠다. 그러니 어찌 행복한 날만 있을 것이며, 어찌 눈물만 있으랴. 결국 세월에 기대어 위로받는 경우가 더 많다.

책을 보니까 과잉기억 증후군이라는 희귀병이 있단다. 이 환자들은 과거의 기억을 잊고 싶은 것이 간절한 소망이라고 한다. 시간이 지나고 세월이 흘러도 잊히지 않는 것도 일종의 불행이라는 것을 알 수 있다. 어찌 보면 망각의 기능이 있다는 것은 고마운 일이다. 따라서 세월에 의지하여 치유하고 위로받을 수 있다는 것에 감사해야 할 것이다.


가끔씩 마음 흔들릴 때는
한 그루 나무를 보라.
바람 부는 날에는
바람 부는 쪽으로 흔들리나니
꽃 피는 날이 있다면
어찌 꽃 지는 날이 없으랴.
(…)
가끔씩 그대 마음 흔들릴 때는
침묵으로
침묵으로 세월의 깊은 강을 건너가는

한 그루 나무를 보라.

춘천에 살고 있는 이외수 작가의 글을 인용했다. 저 나무들처럼 의연하게 세월의 강을 건너가면 되는 것이다. 동짓날 밤에 내가 전하고 싶은 주제는 이것이다. 시간과 세월은 인생의 눈물을 닦아 주는 치료제. 세상의 변화와 자연의 질서를 보면서 위로와 희망을 품어라.

# 지금이라도 알아서
# 다행이다

동짓날에 방문한 손님들에게 신년 달력을 나누어 주고 나서 내 방에도 새 달력을 걸었다. 그새 다 빠져 나가고 며칠 남지 않은 한 해의 잔고. 어른들의 말씀에 "세월이 쏜살같다"라고 했는데 이런 연말이 되면 더욱 실감 나는 표현이 아닐 수 없다. 세월뿐만 아니라 세상만사가 화살 같다는 생각이 든다. 일도, 꿈도, 사랑도, 사람마저도 그렇게 느껴진다.

옛 스님들은 마지막 그믐날이 되면 다리를 뻗고 엉엉 울었다고 한다. 할 일은 태산 같은데 세월이 벌써 다 빠져나갔다는 아쉬움과 자괴감 때문이었을 것이다. 일 년을 정리해 보면 올해 초에 세웠던 계획은 태산인데 실천은 쥐꼬리가 되는 경우가 더 많다. 나 역시 새해가 시작되면서 여러 가지 계획이 많았는데 이 시점에 정리해 보니까 미루기만 하다가 실천하지 못한 일들이 절반 정도가 되는 것 같다.

벤저민 프랭클린은 현재 통용되고 있는 백 달러짜리 지폐의 주인공이다. 이분의 명언이 바로 "오늘 할 일을 내일로 미루지 말라"는 것이다. 그가 다양한 분야에서 성공을 거둘 수 있었던 것은 철저한 시간 관리 때문인 것으로 알려져 있는데, 미국인들은 백 달러짜리 지폐를 보면서 '시간이 곧 돈'이라는 생각을 할지도 모르겠다.

우리 종문宗門의 선배들 가운데 시간 개념이 철저하신 분을 꼽으라면 종범 스님을 말할 수 있다. 평소 그분의 철학은 "사람은 약속만 잘 지켜도 성공할 수 있다"는 것이다. 성공의 열쇠는 약속이며, 약속을 지키는 사람은 시간개념이 철저할 때 가능하다는 뜻과 다를 바 없다.

종범 스님은 "약속 장소에 나갈 때, 아랫사람을 만날 때는 십 분 늦게 나가고 윗사람을 만날 때는 십 분 일찍 나가라"는 지론을

펼쳤다. 아랫사람과 약속이 되었을 경우, 윗사람이 일찍 나가서 기다리면 늦게 도착하는 아랫사람은 무척 미안할 것이다. 그래서 아랫사람을 위한 배려의 행동이 십 분 늦게 나가는 센스라고 전해 들었다. 승속을 막론하고 시간개념이 정확하지 않으면 신뢰도 잃을 뿐더러 자기 약속에도 실패할 가능성이 높다. 그래서 올 한 해를 점검해 보았을 때, 어떤 계획에 실패했다는 것은 시간 관리에 허술했다는 의미도 되는 것이다. 시간 관리에 철저하지 못하는 사람의 일상을 들여다보면 항상 오늘 할 일을 내일로 미루는 습관을 지니고 있다.

원효 스님이 저술한 것으로 알려진 《발심수행장》에는 이런 가르침이 전한다.

오늘이 길지 않거늘 나쁜 일은 더 많이 하고, 내일 또한 길지 않은데 착한 일 하는 이는 적더라. 또한 금년이 짧은데 번뇌는 더 늘어나고, 내년 역시 금방 지나갈 텐데 깨닫고자 공부하는 이는 드물다.

자꾸 변명을 만들면서 미루기만 할 뿐, 잘못된 행동을 개선하지 않는다는 지적이다. 좋은 일 하는 것도 내일로 미루고, 번뇌

줄이는 일도 내년으로 미루고, 공부하는 일도 다음 생으로 미루기만 한다는 뜻으로 받아들이면 된다. 이런 의미에서 본다면 우리가 고쳐야 할 가장 잘못된 습관은 내일로 미루는 태도다. 내일, 또 내일로 미루다가 놓치거나 이월된 약속들이 우리 주변엔 참 많다. 나는 연말이 되면 약속만 해 놓고 이행하지 못한 말빚이 없는지 둘러본다. 며칠 전에는 지난여름에 약속해 놓았던 법명 짓는 일을 마무리하고 그분에게 전했다.

인디언들은 말을 타고 달리다가 잠시 멈추고 뒤를 돌아본다고 한다. 그 행동을 보고 누가 이유를 물었을 때 그는 이렇게 대답했다.

"혹시 내가 너무 빨리 달려서 나의 영혼이 따라오지 못할까 기다려 주는 것이다."

지나온 일 년을 정리해 보면 우리 모두 열심히 살아왔다. 버스 정류장의 긴 행렬과 도로를 가득 메운 자동차들 그리고 횡단보도를 바쁘게 건너는 사람들…. 우리가 살고 있는 도심의 아침 풍경이다. 이런 풍경과 마주할 때마다 '사람들은 참 부지런하게 사는구나' 생각하게 된다. 한번은 순례를 위해 깊은 산속 암자에 갔다가 사람들의 소원을 적은 쪽지가 법당에 달려 있는 것을 보고, 이 외딴 곳까지 달려온 사람들의 성실함과 정성에 놀라기도 했다.

그렇게 열심히 살아가는 우리들인데도 자주 후회하고 지난 시간들을 아쉬워하고 자책한다. 혹, 우리의 영혼을 잃어버리고 정신없이 달려왔기 때문이 아닐까.

초원의 임팔라가 한 마리가 뛰기 시작하면 그 이유도 모르고 일행들이 우르르 달리는 것과 같이 우리 또한 삶의 관성으로 바쁘게 살고 있는지 물어봐야 할 시점이다. 임종을 앞두고 있는 사람들의 심리를 종합해 보면, '젊은 날에 그렇게 바쁘게 정신없이 살지 말걸' 하며 후회한다는 자료를 본 적이 있다. 남이 바쁘게 사니까 영혼을 잊은 채 덩달아 따라가는 삶은 결국 후회를 동반한다는 뜻이기도 하다.

지인들에게 자주 강조하는 말이지만, 너무 완벽한 인생을 살려고 하면 피곤하다. 그 완벽함이 때때로 우리를 분주하게 만들기도 하고, 정신없이 바쁘게 만드는 원인이 되기도 한다. 그러므로 어머니로, 부인으로, 며느리로, 직장인으로, 책임자로서 너무 잘하려고 애쓰지 말라. 적당히 불완전한 삶이 되어야 약간의 여유와 느림이 주어지는 법.

우리들 인생은 언제나 실수하고 넘어지면서 성장하는 것이니까 완벽할 필요는 없다. 새롭게 어떤 사실을 깨달았거나, 미처 몰

랐던 것을 알았다면 "그래, 지금이라도 알아서 참 다행이다"라고 위로하면 되는 것이다.

새해를 맞이하기 전에 한 해 동안 약속을 지키지 못해 미루었던 일은 없는지, 정신없이 바빠서 영혼을 놓치고 살아오지는 않았는지 점검하는 시간을 가졌으면 한다. 그러나 실수든, 성공이든 세월이 가르쳐 주는 교훈을 배울 수 있었다면 아직 우리는 늦지 않았다. 왜냐하면 지금이라도 그 잘못을 알았으니 다행이기도 하지만 우리에게는 새롭게 시작할 시간이 아직 남아 있기 때문이다.

# 눈 내리는 날에

지난 주말부터 오늘까지 연거푸 눈이 내려서 사방이 온통 은빛 설국이다. 강원도 산간 마을처럼 폭설은 아니지만 모처럼 겨울 분위기를 느끼고 싶어서 일정을 취소하고 설경을 감상하며 보내고 있다. 내가 살고 있는 이곳은 도심과는 다르게 눈 오는 날은 더욱 고요해지고 인적도 뜸해진다. 그래서 눈발이 분분한 날은 마치 산중 암자처럼 나만의 여유와 낭만을 즐길 수 있는 곳이다.

이번에는 마당에 켜켜이 쌓인 눈도 치우지 않고 게으름을 피웠다. 아무런 발자국도 남기지 않은 설경을 좋아하기 때문에 법회가 없는 날은 며칠이고 그냥 지낸다. 오늘 아침에는 간밤에 먹이를 찾아 나선 고양이의 발자국만 선명할 뿐 사람이 지나간 흔적은 없었다. 천지간에 가득한 순백의 설경을 즐기는 것도 시골 사는 사람의 복락이다.

고려시대 원감 국사의 글 가운데 "배고파 밥을 먹으니 밥맛이 좋고, 자고 일어나 차를 마시니 그 맛이 더욱 향기롭다. 외떨어져 사니 문 두드리는 사람 없고, 빈집에 부처님과 함께 지내니 근심 걱정이 없다"는 표현이 있다. 여기에서 "외떨어져 사니 문 두드리는 사람 없고"라는 구절이 마음에 든다. 요 며칠 눈길이 미끄러워 두문불출 지내 보았더니 고인의 심사가 더욱 와 닿았다. 나 또한 나이 들어서 인연이 주어진다면 이런 오두막 하나 짓고 살고 싶은 소망이 있다. 정말로 어제오늘 찾아오는 손님도 없어서 배고프면 밥 먹고 목마르면 차 마시니 더 이상 근심할 일이 없었다.

원통 법수 선사의 어록에 보면 눈 내리는 날에 "세 종류의 납자"가 있다는 내용이 실려 있는데, 여기서 가장 못난 수행자는 화롯가에 둘러 앉아 먹고 떠들면서 놀고, 중간쯤 되는 수행자는 먹을 갈아 붓을 들고 시를 지으며, 가장 훌륭한 수행자는 승당 안에서 좌선을 한다고 했다. 눈 오는 날 모든 일을 작파하고 마냥 게으름을 피우고 싶은 심정이니까 나는 가장 못난 수행자의 대열에 드는 셈이다.

이곳에 처음 오던 그해 겨울에는 폭설이 자주 내렸던 기억이 난다. 그 겨울 동짓날 아침부터 눈과 한파 때문에 교통이 두절되고 상수도까지 얼어서 낭패를 보았던 경험이 있어서 지금은 폭설 예보가 있으면 동파에도 대비하고 마을 이장님의 트랙터도 예약해 놓는다. 장비를 이용하여 제설 작업을 하면 절 초입의 길은 통행이 가능하기 때문이다. 강원도 산간 지방도 아닌데 이곳에서는 눈을 가까이 보게 된다. 멀지 않은 청주 도심은 부슬부슬 겨울비가 내렸다는데 여기는 기온 차이 때문에 눈발이 날렸다.

지난해 이맘때는 눈 치우는 일도 힘들어서 뒷길의 제설 작업은 포기하고 있었는데 마침 꼬마들이 방문하여 경사진 곳에서 미끄럼을 타면서 노는 것을 보았다. 그다음 날 눈썰매를 여러 개 구해 와서 아이들이 신나게 즐기도록 배려했더니, 그해 겨울은 절 뒷길이 아이들의 눈썰매장으로 전용되었다. 올해도 아이들이 방학을 하면 그 맛을 잊지 못해 눈썰매를 타러 올 것이다.

황지우 시인은 〈겨울산〉이라는 시에서 이렇게 서술하고 있다.

너도 견디고 있구나

어차피 우리도 이 세상에 세 들어 살고 있으므로
고통을 말하자면 월세 같은 것인데
사실은 이 세상에 기회주의자들이 더 많이 괴로워하지
사색이 많으니까

빨리 집으로 가야겠다

겨울 숲은 이런 자세로 이 추위를 견디고 있으므로 우리들도
약간의 고난이나 시련쯤은 견뎌야 할 것이다. 인간이 괴로운 것
은 기회주의자들처럼 욕심을 부리니까 힘든 것인지도 모른다. 저
나무들처럼 제자리를 의연히 지키면 그 어떤 일에도 흔들리지 않
을 것이다. 숲속의 새와 나무들도 꽁꽁 얼어붙은 이 겨울을 이렇
게 견디고 있다. 여기에서 이 힘든 세월을 살아가는 지혜를 배우

고 역경을 받아들이는 아량을 지녀야 한다. 이렇게 자연에게서
삶의 방향을 배우고 위로받는 일이 더 많다.

내일까지 폭설이 예보되어 있다고 한다. 이제는 법당 문단속
을 하고 와야겠다.

# 매화를 기다리다

어제는 경상도 쪽의 암자를 참배하다가 통도사에 들렀다. 통도사는 이미 수없이 발길을 하였지만 이번에 때를 맞추어 간 것은 그곳엔 유명한 자장매慈藏梅가 있기 때문. 늘 때를 놓쳐서 자장매의 신비를 가까이서 보지 못했는데 금년에는 그 은밀한 암향을 마음껏 느낄 수 있었다.

영각影閣 앞에 활짝 핀 홍매화. 자장매는 통도사를 창건했던 자장 율사의 호를 따서 스님들이 붙인 이름인데 300년이 훨씬 넘은 나이를 지니고 있다. 절기로는 정월 보름이 그저께 지나갔으니 아직은 이른 봄인데 남쪽은 이미 봄소식이 가득했다.

그러나 내가 살고 있는 이곳은 아직도 겨울. 오늘 아침에는 봄을 시샘하는 춘설이 날린다. 우리 절 매화나무 아래 가 보았더니 꽃망울만 가득하다. 화신花信이 남쪽부터 시작되었으니 여기 고장에도 머지않아 매화가 반갑게 인사를 할 것이다. 일지함장춘一枝含藏春. 지금은 빈 가지지만 그 속에는 찬란한 봄이 숨어 있다는 뜻이다. 가지마다 움트고 있는 꽃망울마다 봄소식의 사연이 알알이 들어 있다.


조선조 이덕무李德懋는 처음으로 인조 매화였던 윤회매輪廻梅를 제작했던 것으로 알려진 인물. 얼마나 매화를 기다렸으면 한겨울에 인조 매화를 곁에 두고 위로 삼았나 싶다. 일찍이 선비 사회에서는 구구소한도九九消寒圖가 유행했다는 글을 읽은 적이 있다. 동지부터 81일이 지나면 매화가 피는 날이라 하여, 흰 종이에 매일 매화 한 송이를 그리는데 그 작업이 끝나고 창을 열면 진짜 매화가 피어 있다는 것이다. 81일 동안 매화를 기다리는 선비의 심정이 그림 속에 잘 드러나 있다.

내 책상의 달력을 보면서 동지부터 날짜를 셈해 보니까 오늘이 칠십 일째다. 이 계산이 일치한다면 이제 열흘이 지나면 개화가 시작될 것이다. 여기에도 햇살이 좋으면 삼월 중순쯤 매화가 피는 것을 매년 목격했으니 81일의 기다림은 행복한 시간이 아닐 수 없다. 매화보다 일찍 피는 꽃이 없는 것은 아니지만 사군자 가운데 으뜸으로 꼽는 매화가 피어야 비로소 봄의 서막이라고 생각했던 것이다.

지난달에 비구니 수행도량 청도 운문사를 다녀오고 난 뒤에 부쩍 매화나무에 욕심이 난다. 그곳에는 홍매, 청매, 백매가 역사 속에 당당히 자리 잡고 있었고, 와룡매와 수양매 종류가 있어서 그곳 암주 스님의 매화 사랑을 짐작할 수 있었다. 고찰古刹에 갈 때마다 다른 것은 부럽지 않은데 고古매화가 있으면 옮겨 올 만큼 탐이 난다.

퇴계 이황 선생의 매화 사랑도 유별난 것으로 알려져 있다. 이분은 매화의梅花倚라는 물건을 사용했다는 기록이 문집에 등장한다. 이 '매화의'는 한마디로 매화를 구경할 때 사용하는 전용 의자다. 매화가 피기 시작하면 달빛 아래 자리를 잡고 매화 송이에 대해 적는단다. '오늘 자정에는 몇 송이가 피었더라, 축시에는 향기가 은은하더라' 하는 식으로 기록을 하면서 매화에 심취했다고 한다. 그런데 재미있는 것은 날씨가 추우니까 의자 아래에 화로를 넣고 무릎에는 담요를 덮었다는 것이다. 이 정도면 가히 매화 사랑이 마니아 수준에 가깝다고 할 수 있다.

요즘의 잣대로 보면 이해되지 않는 기행奇行처럼 보일 수 있으나 이런 선비 정신과 꼿꼿한 기상이 일상의 저변에 깔려 있어야 한다. 지금의 우리 사회는 온통 지식 함양에만 집중되어 있는 것 같아서 마음에 들지 않을 때가 많다. 지식에 견주어서 교양 지수도 상승된다면 삶의 가치와 기준이 달라질 수 있기 때문이다. 역사를 알고, 명품을 지니고, 그 분야의 전문 용어를 구술할지라도 주변의 꽃과 나무에 무관심하다면 그 사람의 교양은 윤택하지 못하다. 그래서 매화를 통해 추위를 이겨 내는 어떤 정신과 기상을 배울 수 있다면 삶의 방향은 충분히 달라질 수 있다.

중국의 모택동은 자신의 혁명 과업을 매화에 비유하여 노래했던 위인이다.

다른 꽃들과 다툴 생각은 없고,
단지 봄이 왔다는 것을 알리고 싶을 뿐.

혁명의 때가 다가왔다는 것을 이렇게 은유적으로 표현했다는 것을 알고 나서부터 모택동의 인품이 새롭게 느껴졌다. 이와 같이 자신의 일상에서 계절의 변화와 수목의 향기에 관심을 기울일 때 그 사람의 인생은 보다 높아질 수 있는 것이다.

일찍이 매화를 일러 화중지은花中之隱이라 했다. 꽃 중의 은자라는 뜻. 뭐든지 요란하지 않고 내세우지 않는 미덕을 매화에게서 학습해야 한다.

하루 한 번 달빛에 목욕하고,
하루 한 번 햇빛에 몸 말리고,
하루 한 번 꽃향기에 취하라.

이것은 내가 이웃들에게 자주 전하는 말이다. 이 정도의 여유와 여백이 있어야 그 사람의 삶은 지성으로 나아갈 수 있다. 무엇이 진정한 지성이며, 일상의 감성인가를 봄날을 기다리며 생각해 보라.

# 친절하게 간절하게
# 애절하게

이번 정초 법회 때 강연을 하면서 더 친절하게, 더 간절하게, 더 애절하게 살아갈 것을 역설했다.

우리는 매사에 친절하고 따스한 마음으로 살아야 한다. 가장 좋은 절은 '친절'이라는 말처럼 절에서 수행하는 이들은 그 누구보다 친절을 업으로 삼아야 할 필요가 있다. 단 한 번이라도 절 마당에서 불친절을 경험했다면 그 사람은 기분이 상할 것이다. 지금은 친절이 상품이 되는 시절이라서 표정 관리를 하지 않으면 불쾌한 인상을 주기 쉽다. 이렇기 때문에 절집이라고 해서 친절의 치외법권으로 생각해서는 안 된다. 새로운 손님이 방문했을 때 반갑고 부드럽게 그들을 안내하기만 해도 백 마디의 법문보다 감동을 줄 수 있다. 이런 입장이라서 절 안에서나 절 밖에서나 친절하게 미소 지을 것을 권한다.

여기서 친절하자는 것은 인간으로서 따스한 온기를 지녀야 한다는 뜻도 담겨 있다. 지금 세상은 인정이 너무 차갑다. 사람과 사람 사이의 냉랭한 기운을 녹일 수 있는 것은 사람의 온정이다. 따뜻한 마음으로 친화력을 발휘해야 인간관계는 물론 사회 전체의 온도가 상승한다.


인류학자 클로드 레비스토로스Claude Levi Strauss는 현대사회를 '차가운 사회'와 '뜨거운 사회'로 분류하고 있다. 그는 뜨거운 사회는 원시사회이고, 차가운 사회는 현대사회라고 규정했다. 과거에 비해 현대사회는 인심이 각박하고 사회는 삭막해졌다는 뜻이다. 그래서 현대를 살아가는 우리들이 보다 더 따스하고 친절해져야 할 것이다.

벌써 남쪽에서는 반가운 화신花信이 전해진다. 매화보다 먼저 복수초福壽草의 개화 소식을 친지로부터 들을 수 있었다. 복과 장수를 상징하는 이름을 가진 복수초는 추운 겨울 눈 속에서 핀다. 꽃을 피울 때 꽃대가 올라오면서 덮여 있는 눈을 다 녹여 버리는데 온몸에서 열기를 뿜기 때문이다. 나는 아직 본 적이 없지만 인도의 히말라야 설산이나 티베트 고산지대에 복수초와 비슷한 생태를 지닌 식물이 있다고 들었다. 바로 '노드바'라는 식물인데 흥미로운 건 이 꽃의 별명이 '식물 난로'라는 사실이다. 이 노드바가 꽃을 피울 때는 3~4미터나 쌓여 있는 눈을 모두 녹여 버리기 때문에 붙여진 이름이라고 한다. 이처럼 이 식물이 내뿜는 열기가 대단하다.

우리도 이와 같이 그 어떤 추위(역경과 고난)라 할지라도 녹이고 이겨 낼 수 있는 온도가 있다는 것을 말하고 싶다. 그러므로 적당한 인정을 지니는 일은 그 어떤 가치보다 중요한 것이다. 재론할 여지도 없이 인정의 척도는 마음의 온도이다. 내가 경험한 바로는 마음의 온도가 따스한 사람은 매사에 친절한 사람들이었다. 이런 점에서 보다 친절해져야 마음의 온도와 더불어 사회의 온도 또한 상승한다는 것을 명심해야 한다.

우리는 또한 매사에 간절하게 살아야 한다. 무엇이든 간절할 때 삶의 의미가 부여된다. 이재무 시인은 〈간절〉이라는 시에서 "삶에서 '간절'이 빠져나간 뒤 사내는 갑자기 늙기 시작하였다"는 표현을 썼다. 간절함의 위력이나 약효는 이런 것이다. 우리의 삶에서 간절함이 사라진다는 것은 생의 의미와 이유가 없어지는 것이나 마찬가지. 공부도 간절할 때 도약하게 되고 기도 또한 간절한 마음일 때 집중할 수 있다. 숨 쉬고 살아가는 일상에서 간절함을 놓치면 목적을 상실하는 태도와 다를 바 없다. 그렇다면 지금 자신에게 물어야 한다. '나는 지금 얼마나 간절한가?' 하고.

그리고 우리는 매사에 애절한 마음으로 살아야 한다. 연인이 사랑하듯이 절절한 그리움으로 자신의 생애와 마주해야 보다 생동감 있는 인생이 된다.

사랑하는 사이는 1분 1초가 아쉽고 애달프다. 사랑을 할 때는, 뜨락에 내리는 햇살을 보아도 가슴이 시리고 뒤꼍으로 지나는 바람 소리에도 그 사람이 보고 싶다. 이처럼 사랑은 사소한 일상조차도 간절한 일상으로 만드는 어떤 힘이 있다. 이와 같이 매시간 열정을 바쳐 철저히 사랑하며 살 일이다.

오래전에 영화 〈사랑의 온도〉를 본 적이 있는데, 주인공이 나누는 대사 한마디가 아직도 잊히지 않는다. "헤어진 연인의 82퍼센트는 다시 만난다. 하지만 97퍼센트는 또다시 헤어진다." 사랑할 때는 그 소중함을 모른다. 그러나 이별하고 나면 그 사랑의 소중함을 아는 법이다. 그래서 젊은 연인들은 이별과 재회를 반복하는지도 모른다. 그렇지만 우리 인생에서 사랑하는 시절이 가장 진지하고 아름다운 때다.

# 모두
# 연결되어 있다

새해 첫날 아침에 절 뒷동산으로 올라가 조촐한 해맞이 의식을 했다. 어제의 해와 다를 바 없지만 그 대상을 바라보는 마음이 어제의 생각이 아니니까 새해인 것이다. 사람의 가슴마다 미래에 대한 희망을 품고 살아가는 일은 현재의 삶에 따스한 위로가 되겠구나 하는 생각이 들었다.

그날은 종일 손님들이 찾아왔다. 누구나 신년이 되면 어떤 믿음 앞에 기대고 싶은 심리가 있는 모양이다. 저마다 법당에서 간절한 합장으로 기도 올리며 발원하는 그들의 모습은 어느 때보다 엄숙해 보였다. 종교를 묻기 전에 어떤 대상을 향해 염원하는 이 원초적인 행위가 가장 순수한 신앙의 본질일 것이다.

새해 뉴스와 마주하고 있으니까 조류독감으로 인해 대규모의 해맞이 행사는 취소되었다는 소식이다. 먼 이웃의 일 같지만 결코 나와 무관한 일은 아니다. 여기 사찰을 왕래하는 가족 가운데 양계업을 하시는 분이 있다. 이번 사태와 관련하여 수천 마리의 목숨을 땅에 묻었다고 하니까 어찌 남의 일이라 할 것인가.

어떤 존재나 현상일지라도 우연히 혹은 단독으로 이루어지는 일은 없다. 여기에는 반드시 인과관계가 형성되어 있다. 조류독감으로 달걀 값이 상승하니까 민생도 어렵다. 우리하고는 크게 상관이 없는 것 같지만 축산 농가의 위기로 우리 식탁에도 이렇게 이변이 생기는 것이다. 오늘 우리 사회의 현실은 자신의 생존과 직접, 간접으로 연결되어 있다는 뜻이다.

우리가 살아가는 동안 여러 가지 관계 속에서 살아가지 않을 수 없다. 인간 상호 간의 관계도 그렇지만 물질, 일, 공동체 등 관계를 떠나서 숨 쉴 수 없는 것이 우리들 삶이다. 그러니까 인간이 인간답게 되려면 무엇보다도 먼저 관계가 바람직하게 이루어져야 한다. 불교의 기본 사상은 바로 이 관계성關係性이라 해도 틀리지 않다. 이것을 연기의 법칙이라고 정의하고 있다.

마당을 쓸었습니다.
지구 한 귀퉁이가 깨끗해졌습니다.
꽃 한 송이가 피었습니다.
지구 한 모퉁이가 아름다워졌습니다.

나태주의 〈마당을 쓸었습니다.〉는 연기의 공식을 담고 있는 글이라서 자주 인용하고 있다. 세상은 이렇게 다 연결되어 있는 것이다. 내 집 앞을 깨끗하게 하는 일이 지구촌에 무슨 영향을 미칠수 있을까 하겠지만 실은 촘촘하게 서로 작용을 하고 있다. 즉, 이것과 저것은 상호 관계를 형성하고 있는 셈이다. 그러므로 관계성의 원리는 공존과 공생의 윤리이기도 한 것이다.

그런데 바람직한 관계의 근원은 사랑이라는 것을 부언하고 싶다. 불교 용어로 표현하자면 자비라고 할 수 있을 것이다. 여기서의 자비는 동정과는 다른 어떤 위로이기도 하다. 자신이 함께 그 고통과 슬픔에 동참하면서 관심과 손길을 전달하는 것이 자비심이다. 이러한 마음은 순수한 인간애人間愛일지도 모른다.

말할 것도 없이 종교의 기능은 인간애의 발현이며 사랑의 구현이다. 여기에 불교는 지혜 완성과 자비 실천을 목표로 수행하고 있으므로 자비의 사회적 확대가 더 절실하다. 새삼스럽게 관계성과 자비를 주제 삼은 것은 조류독감이 전염병처럼 번지고 있어서 은근히 걱정이 앞서기 때문이다. 가축을 먹이는 일로 생업을 삼고 있는 이들의 가슴은 새까맣게 타들어 갔을 것이다.

따져 보면 환경을 어지럽히고 자연의 질서를 무시하고 살아온 우리의 업보인데 말 못하는 조류들에게 그 책임을 전가하는 것 같다. 나부터 살아오는 과정 속에서 그런 업을 형성하지 않았는지 반성해 본다. 원인 없는 결과는 없다. 이런 일을 겪을 때마다 인간 중심의 속도와 양식이 생태의 교란과 질병을 제공했을 것이라는 생각이 든다. 더 이상의 동물 희생이 있어서는 안 될 것이다. 그 살생이 가져오는 인과 업을 또 어쩔 것인가.

모든 생명은 한 뿌리에서 나누어진 가지들이다. 동물의 일이라 해서 결코 나와 무연한 것이 아니므로 그들의 안부를 묻는 것은 우리의 안부를 살피는 것이나 다름없다. 언제 우리의 일로 닥

칠지 모른다. 왜냐하면 모든 것은 개개인의 건강과 직결되어 있는 까닭이다.

거듭 말하지만 관계성의 근원은 사랑과 자비다. 역사학자 아놀드 토인비는《화엄경》을 읽다가 이러한 연기의 관계에 깊이 매료되어 무릎을 탁 치며 탄복했다고 한다. 새해에는 중중무진重重無盡의 이 세상과 어떤 관계를 이루어 갈 것인가를 화두 삼아 몇 마디 했다.

# 고맙다 수고했다
# 잘했다

어느 신년 인사 모임에 갔더니 참석자들이 열심히 살아온 자신을 격려하기 위해 수화手話로 '사랑합니다'를 표현하여서 무척 인상 깊었다. 새해를 맞이할 때마다 가장 칭찬 받아야 할 대상은 그누구도 아니고 바로 내 자신이라는 걸 잊고 살았다. 지금은 가정과 직장에서 열심히 살아온 스스로의 인생에 대해 응원하고 위로를 주어야 할 때.

이번 달 암자 순례 법회에서 오른손을 각자의 심장 위치에 올려 보라고 주문했다. 그러고는 심장의 박동 소리를 느껴 보는 시간을 가졌다. 심장이 쉼 없이 호흡히고 있으니까 살아 있는 것이라고 하면서 "심장아, 멈추지 않고 뛰어 주어서 참 고맙다"고 말했다. 이렇게 열심히 동행해 준 육체에게 토닥토닥 인사하는 시간이 때로는 필요하다. 그럴 때 오늘의 자신에게 덜 미안하기 때문이다. 또한 그것이 인생에 대한 예의라는 생각에서다.

살아오는 동안 개인적으로 성공한 일도 있고 실패한 일도 있겠지만 가장 잘한 일은 죽지 않고 아직까지 '살아 있는 일'이다. 살아 있기 때문에 서로 마주하며 안부를 전하고 소식을 물을 수 있는 것이다. 그러므로 우리는 조목조목 따지지 말고 이 세상의 부재不在 시절이 오지 않았다는 사실만으로도 충분히 감사해야 한다.

살아 있기 때문에 좌절하기도 하고 도전하기도 하는 것이다. 저 공동묘지의 주인공이 되면 추워도 말할 수 없고 더워도 표현할 수 없다. 그러니까 사회적인 업적이나 평가와 상관없이 모두가 훌륭한 인생을 살았다는 것을 말하고 싶다. 운문사 법당에는 악착보살이 조각되어 있어서 눈여겨보았더니 정토를 향해서 사력을 다해 줄을 잡고 올라가는 모습이었다.

이 풍진세상에서 지금껏 희망과 열정으로 악착같이 살아온 인생이므로 너나 할 것 없이 충분히 축하받을 만하다. 이런 이유로 정월 설날이 되면 친구들에게 아직 있어 주어서 고맙고, 생존하느라 수고했고, 어떤 일이든 잘했다는 축사를 보낸다.

이러한 생각 때문에 올해의 신행 주제를 '3다 운동'으로 정하고 새해 첫날 발표했다. 여기서의 3다는 '고맙다, 수고했다, 잘했다'를 줄인 것이다. 올해는 이 주제를 가지고 기회가 주어질 때마다 어디서나 강연할 계획이다.

이번의 이 운동은 일종의 칭찬 릴레이에 해당된다고 할 수 있겠다. 인정人情의 둘레를 살펴보면 격려하고 인정해 주는 일에 너무 인색한 얼굴이라서 그 표정을 바꾸자는 뜻에서다.

사람이 죽을 때는 '윽' 하고 죽는 것이 아니라 '껄껄껄' 하고 죽는다는 말이 있다. 그것은 '더 잘해 줄 걸', '더 좋은 일 할 걸', '더 사랑할 걸' 하면서 지금까지 살아온 생을 후회한다는 데서 생긴 표현이다. 그렇다면 마지막 남기는 임종 게송이 '껄껄껄'이 되지 않도록 주의 깊게 살아야겠다는 약속이 필요할 것이다.

그런데 이왕이면 '껄껄껄'보다는 '다다다' 하고 최후의 말을 전하면 더 의미 있겠다는 생각이 들었다. 친지들에게 "고맙다, 수고

했다, 잘했다"는 유언을 보내면 원망도 미련도 없는 아름다운 마감이 될 수 있을 것이다. 굳이 인생의 종착지에서 이 말을 할 것이 아니라 삶의 과정 속에서 실천하는 일이 훨씬 효과적일 것이라는 착안에서 신행 운동으로 끌어온 사연이 여기 있다.

　기본적으로 고마운 게 참 많다. 동트는 아침의 기운과 맑은 공기는 누가 제공하는 것인가. 따스한 햇살과 시원한 바람을 값 치르고 구입한 적이 있는가. 흐르는 샘물과 구름 속의 달빛은 어떤가. 이렇게 소중한 것은 모두 공짜니까 고맙지 않을 수 없다. 세상은 나 혼자의 능력으로 사는 것 같지만 자연과 이웃의 도움으로 살아간다는 것을 알면 고맙다는 표현이 저절로 나올 수밖에 없다. 티베트의 스승 아남 툽텐 존자는 '고맙습니다'라는 말은 우리 입술이 낼 수 있는 가장 신성한 말이라고 법문했다. 이럴진대 어찌 고맙다는 표현이 서툴러서 되겠는가.
　수고했다 말하는 것은 그 일에 대한 인정이며 노력에 대한 존중이기도 하다. 수고는 수고受苦라고 쓰고 싶다. 그러므로 다소 불편한 상황이더라도 그것을 적극 수용하여 즐기라는 불교적 지혜가 숨어 있다. 그러니까 수고했다는 것은 불편한 삶의 과정을 잘 이겨 냈다는 찬사다.

잘했다는 것은 칭찬이며 용기를 주는 말이다. 돈 들이지 않고 할 수 있는 언사시言辭施에 해당된다. 고래도 춤추게 한다는 칭찬의 주문이 《천수경》첫 구절에 실려 있어서 흥미롭다. '수리수리 마하수리 수수리 사바하'를 칭찬과 축원으로 바꾸면 이렇다.

"잘했다! 참 잘했다! 아주 잘했다! 모든 일이 잘될 거다!"

# 어제의 가난은
# 가난이 아니다

어떤 선비가 가난에 쪼들린 나머지 밤마다 향을 사르며 신에게 기도했다. 몇 달을 간절하게 기도를 하고 있는데, 어느 날 공중에서 말소리가 들렸다.

"신께서 그대의 기도에 감동하시고 그 소원이 무엇인지 알아오라 하셨다."

이렇게 말한 사람은 신이 보낸 사신이었다. 이 질문에 선비는 소원을 말했다.

"제 소원은 아주 작은 것입니다. 세상 사는 동안 먹고 입는 것이나 부족하지 않고, 그저 산수 좋은 곳에 유유자적 머물다가 생을 마쳤으면 합니다."

그야말로 소박한 희망사항이었다. 그런데 신이 보낸 사신은 이렇게 대답했다.

"아, 그것은 하늘나라의 신선이 즐기는 낙인데, 어찌 쉽게 얻을 수 있겠는가? 만일, 그대가 부귀를 구한다면 그것을 더 쉽게 얻을 수 있을 것이다."

이 대화의 요점은 아무 걱정 없이 간소하게 살다가 생을 마치는 것은 신선만이 가능한 일이라는 것이다. 오히려 부귀영화를 구하는 일이 더 쉽다는 말이기도 하다. 다시 말해 가난하면서도 소박한 삶을 산다는 일은 이처럼 힘들다는 것을 말하고 싶었던 것이다.

이와 같이 부자가 되는 것은 쉬워도 맑은 가난을 실천하기란 어렵다. 가난이 미덕은 아니지만, 여기서의 맑은 가난은 자기 분수를 지키고 지나친 소비를 삼가라는 뜻이 강하다. 그놈의 돈 때문에 사람 사이가 멀어지고 심지어 살인까지 벌어지는 세상이라서 더욱 그렇다. 세상 주변마다 인정의 둘레가 점점 사라지고 있어서 옛 책에서 보았던 일화를 소개해 보았다.

성탄절 전야 미사에서 베네딕토 16세 교황이 전했던 메시지를 메모해 둔 적이 있다. 그는 신자들에게 이렇게 호소했다.

"신神을 기억하라."

이 말은 무엇인가? 신의 자리가 없다는 것은 우리가 너무 물질적으로 살아가고 있다는 지적이다. 우리 삶은 이미 욕심으로 꽉 차 있어서 신을 위한 자리가 남아 있지 않다는 것이다. 이는 우리에게 '가난한 마음'이 없다는 것을 의미한다. 즉 신의 자리가 없다는 것은 너무 물질적으로 사는 삶을 말한다. 이즈음에서 우리 또한 마음속에 부처의 자리가 있는지, 없는지를 점검해 볼 필요가 있을 것 같다.

당나라 때의 걸출한 스승이었던 향엄 선사의 법어 가운데 다음과 같은 유명한 가르침이 있다.


어제의 가난은 가난이 아니었네.

금년 가난이 진짜 가난일세.

작년 가난에는 송곳 하나 꽂을 땅이 없었는데

금년 가난에는 아예 송곳조차 없다네.

우리는 왜 가난할까? 결과적으로 재물이 없어서 가난하다고 생각한다. 재물이 없어서 가난한 것은 가짜 가난이라고 말하고 있는 것이다. 진짜 가난은 마음이 가난해져야 한다는 뜻이다. 마음이 가난하다는 것은 따져 물을 것도 없이 욕심 없는 마음을 말한다. 마음에 욕심이 없어야 진짜 가난한 것이라 할 수 있다. 그러므로 송곳(욕심)조차도 없어야 진짜 가난이라고 읊조리는 것이다. 이것이 작년보다 올해가 더 가난해야 하는 이유다.

이런 입장이라서 불교는 '해결법'보다는 '해소법'을 권하고 있다. 부처님이 이 세상에 오신다면 돈을 많이 벌게 해 주는 소원을 들어주실까? 아마도 부처님은 벼락부자가 될 수 있는 방법보다는 돈이 없어도 행복해지는 방법을 일러 주실 것이다. 돈을 많이 벌 수 있는 방법은 일시적 방편은 될지언정 영원한 진리는 아니기 때문이다.

그래서 불교는 '해결법'보다는 '해소법'을 권유하는 입장이다. 누구나 부자가 되고 싶어 하지만 그 소원을 다 들어줄 수 없다. 중생의 입장에서는 가난을 면하게 해 주는 것이 신의 능력이라고 생각할지 모른다. 그렇지만 그 어떤 절대자라 하더라도 그 자신의 문제를 대신 해결해 줄 수 없다. 그렇기 때문에 해결법은 한계에 부딪치고 만다. 그러나 해소법은 고통의 근원을 알게 해 주는 방법이다. 목마른 사람에게 물을 주면 당장은 해결되지만 언젠가는 다시 물을 찾게 되어 있다. 왜냐하면 당장의 갈증은 해결되었지만 그에게 잠재된 갈증은 해소되지 않았기 때문이다.

이런 논리라면 돈에 대한 욕심이나 집착을 없애 주는 일이 보다 근본적인 해결책이라는 것을 알 수 있다. 그 어떤 재물도 인간의 욕심을 다 채울 수 없을 뿐더러 언젠가는 그 재물도 사라지기 때문에 근원적인 고통의 해결은 아니다. 여기서 내가 말하고 싶은 것은 욕심의 해결보다는 그 욕심의 해소가 더욱 중요하다는 사실이다. 그런데 우리의 신앙 형태는 늘 해소보다는 해결을 원하고 있기 때문에 항상 목말라하는 것인지도 모를 일.

이를테면 '제가 부자가 되게 해 주십시오!' 기도하는 것은 해결을 원하는 태도이다. 설령, 부자가 되게 해 주었더라도 또 더 큰 부자가 되고 싶을 것이다. 그래서 그 해결은 끝이 없을 것이다. 그러나 부자가 되고 싶다는 욕심 자체가 해소되면 지금의 상황이 더 이상 부족하거나 힘들지는 않을 것이다. 다시 말해 작은 것에도 만족하는 마음이 생겨난다는 뜻이기도 하다.

정월 초하루를 앞두고 거듭 말씀드린다. 보다 성숙한 신앙인의 태도는 해결법보다는 해소법을 요구하는 것이라는 사실이다. 올해부터 부자가 되기보다는 더욱 가난해져야 하는 이유가 여기에 있다.

# 꽃은 비에 젖어도
# 향기는 젖지 않는다

이 대지에 다시 봄이 시작되고 있다. 생명이 움트는 것을 보면 푸석푸석하던 내 몸에도 맑은 기운이 도는 듯 느껴진다. 이맘때마다 느끼는 것이지만, 봄소식이 전해지고 꽃 피는 계절이 호시절이다. 세상이 온통 생명의 잔치로 시끌벅적하다. 저마다의 다양한 빛깔과 향기로 이 산천을 울긋불긋 장엄하고 있기 때문이다.

우리 뜰의 매화와 산수유가 제일 먼저 그 은밀한 신비를 풀어 놓았다. 그 꽃을 들여다볼 때마다 반가운 손님을 영접하는 기분이다. 우리가 봄을 기다리는 기대 속에는 이러한 반가움과 맑은 마음씨도 함께 스며 있는 것이다.

이런 봄날, 생명 있는 것들은 모두 대단하다. 작은 꽃 하나일지라도 대견하고 감사하다. 그 자리에서 추운 겨울을 침묵으로 견뎌낸 개화 아니던가. 꽃이 작다고 덜 위대하고 꽃이 크다고 더 위대한 것이 아닐 것이다. 인고의 세월을 건너 온 생명은 모두 칭찬할 만하다. 우리 삶도 그렇다. 개개인의 삶의 모습과 관계없이 이 봄을 맞이하는 것은 실로 찬란한 인생이 아닐 수 없다.

최근에 달포 동안 봄맞이 준비를 했다. 낡은 처소도 손보고 불편하던 시설도 몇 군데 고치느라 인부들이 수차례 다녀갔다. 이번에 식당과 해우소를 약간 손질했다. 눈에 거슬리는 부분은 언젠가는 뜯어 고쳐야 하는 게 내 성미다. 천년만년 살 것은 아니지만 하루를 살아도 내 식대로 고쳐야 한다. 오늘 살다가 내일 거처를 옮기더라도 내 마음이 시켜서 하는 일이라면 그렇게 해야 하는 게 절집의 가풍이기도 하다. 먼 훗날 누가 와서 살더라도 불편하지 않게 하는 것이 현재 주인의 도리이기 때문이다.

절집에서는 법당을 비롯하여 식당과 해우소를 삼묵당三默堂이라고 불렀다. 이 장소는 묵언을 유지하는 고요한 침묵의 공간이라는 뜻이다. 그러므로 이 세 곳은 수행하기에도 적합해야 하지만 공간적으로도 모자람이 없어야 한다. 이런 뜻에서 이번 봄에 식당과 해우소를 일품을 사서 다시 정리한 것이다. 이 장소가 쾌적한 공간과 편리한 시설로 마무리된 것을 대할 때마다 흐뭇하고 보람차다. 이제는 법당에서 즐겁게 법문 듣고, 식당에서 즐겁게 식사하고, 해우소에서 즐겁게 볼일을 볼 수 있을 것이다. 비로소 삼묵三默의 공간이 삼락三樂의 공간이 된 셈이다.

이번에 장비를 동원한 김에 정원석도 다시 놓고 화단도 넓혔다. 나무를 이리 옮기고 저리 옮겨심기를 거듭하면서 제자리를 잡아주었다. 지난해에 심은 매화를 다시 캐서 양지 바른 곳에 옮겨 놓으니 제법 잘 어울린다. 어제 최선을 다했다고 생각한 일도 오늘은 생각이 바뀌어 수정하는 것이 사람의 일인가 보다. 또한 그때는 옳다고 생각한 일이 지금은 틀릴 수도 있는 게 삶의 과정이다.

인생은 실수와 경험을 통해 배우고 익히는 것이다. 글은 당장 가르칠 수 있지만 인생은 세월 속에서 배우는 것이라는 생각이 든다. 그래서 삶의 공부는 끝이 없다. 어느 스님은, 산다는 그 자체가 끝없는 실험이며 탐구라 하지 않았던가. 따라서 글을 배우는 게 공부가 아니라 인생의 도리를 깨우치는 게 진정한 공부다.

우리 절 화단에 라일락꽃이 피면 도종환 선생의 글 〈라일락꽃〉을 떠올리며 그 둘레를 서성일 것이다.

꽃은 진종일 비에 젖어도
향기는 젖지 않는다.
꽃은 하루 종일 비에 젖어도
빛깔은 지워지지 않는다.

봄꽃은 비를 맞더라도 향기가 씻기지 않고 햇빛에 서 있더라도 빛깔이 바래지 않는다. 바야흐로 문을 열면 눈부신 봄날이다.